DESAPARECIDA

Luis Eduardo Matta

Ilustrações de
Carol Rempto

© Editora do Brasil S.A., 2019
Todos os direitos reservados
Texto © Luis Eduardo Matta
Ilustrações © Carol Rempto

Direção-geral: Vicente Tortamano Avanso

Direção editorial: Felipe Ramos Poletti
Supervisão editorial: Gilsandro Vieira Sales
Edição: Paulo Fuzinelli
Assistência editorial: Aline Sá Martins
Auxílio editorial: Marcela Muniz
Supervisão de arte e editoração: Cida Alves
Design gráfico: Julia Anastacio/Obá Editorial
Editoração eletrônica: Samira de Souza
Supervisão de revisão: Dora Helena Feres
Revisão: Elaine Silva

1ª edição / 3ª impressão, 2024
Impresso na Forma Certa Gráfica Digital

Dados Internacionais de Catalogação na Publicação (CIP)
(Câmara Brasileira do Livro, SP, Brasil)

> Matta, Luis Eduardo
>   Desaparecida / Luis Eduardo Matta ; ilustrações de Carol Rempto. – São Paulo : Editora do Brasil, 2019. – (A sete chaves)
>
>   ISBN 978-85-10-07187-1
>
>   1. Literatura infantojuvenil I. Rempto, Carol. II. Título. III. Série.
>
> 19-25212   CDD-028.5

Índice para catálogo sistemático:
1. Literatura infantojuvenil 028.5
2. Literatura juvenil 028.5

Iolanda Rodrigues Biode – Bibliotecária – CRB-8/10014

Avenida das Nações Unidas, 12901
Torre Oeste, 20º andar
São Paulo, SP – CEP: 04578-910
www.editoradobrasil.com.br

Dedico este livro a todos que já sofreram *bullying* na escola ou em qualquer lugar. E aos seus amigos que, ao defendê-los e apoiá-los, deram mostras de caráter, coragem e profundo senso de humanidade.

PRÓLOGO: SEM SAÍDA

A Rua Ipu era uma alameda curta, pacata, sem saída, com algumas árvores. As poucas casas e prédios davam para calçadas estreitinhas e os carros que passavam por ali tinham que dividir o pouco espaço do asfalto com os veículos que disputavam as vagas existentes dos dois lados da rua e também no final dela.

Era um bom lugar para se morar, pois ficava a poucos passos das facilidades e do movimento de Botafogo, um dos bairros mais movimentados e tradicionais do Rio de Janeiro. Após o anoitecer, contudo, toda aquela região se esvaziava, as pessoas circulando minguavam e a penumbra era acentuada pelas copas das árvores, que bloqueavam a passagem das luzes dos postes, deixando a área ainda mais escura.

Ao chegar à Rua Ipu naquela noite de segunda-feira, Iasmin Tordesilhas pressentiu que algo de muito errado estava acontecendo.

A sensação tornou-se ainda mais evidente quando ela avistou Rita e Kahena sentadas no Café-Bar

Nacional, que ficava bem na esquina. Também conhecidas por "Rita Ofídia" e "Cobra Kahena", elas eram os dois pesadelos de Iasmin no Instituto Educacional Seara do Saber (IESS), onde estudava desde os 7 anos. Ela havia se esquecido completamente de que o Nacional era o ponto de encontro daquelas duas e de uma galerinha que andava com elas. E, ainda que tivesse se lembrado, não poderia imaginar que as encontraria ali tão tarde.

Era loucura imaginar que Rita e Kahena estavam no Nacional por causa dela. Estariam? Mas por quê? Não fazia sentido.

Ou fazia?

Ela viu quando Kahena olhou para o lado e esticou o pescoço, reconhecendo-a. Kahena abriu o seu típico sorrisinho sonso, maléfico, apontou para Iasmin e, então, Rita também a viu. Elas começaram a rir na mesma hora. Sempre aquelas risadas que a atormentavam havia anos, todos os dias, embalavam seu sono em sonhos terríveis, enchiam-na de pânico.

Quando Rita empurrou a cadeira para se levantar, Iasmin não pensou em mais nada que não fosse sair do campo de visão delas. Suando frio e com o coração em disparada, ela correu pela Ipu, sem atinar que a rua não tinha saída. Ela logo estaria encurralada. Poderia se encolher atrás de um carro. Talvez algum morador piedoso a deixasse entrar e se esconder num canto, um cantinho qualquer, onde ninguém a encontrasse.

Como ela queria sumir... Desaparecer de verdade. Para sempre, de preferência. Iasmin não entendia por que a odiavam e maltratavam tanto.

Ela estava pensando na falta que o pai fazia, lamentando ele ter morrido quando ela ainda era tão pequena, quando chegou ao final da Ipu. Avistou vultos na outra extremidade da rua, onde ficava o Nacional. Ou pensou ter avistado.

Olhou para os lados e viu a numeração da rua. Estava diante do número 50. Aflita, ligou para Vanessa, a mão trêmula mal sustentando o celular. Ela enviara várias mensagens à amiga ao longo do dia, mas nenhuma foi lida.

– Atende, Vanessa. Atende, por favor! Por que você não atende? – mas o telefone chamou até a ligação cair na caixa postal.

Antes que pudesse fazer uma nova tentativa, Iasmin Tordesilhas viu uma luz encher a rua. Alguém chamou pelo seu nome.

Foi quando aconteceu.

ONDE ESTÁ IASMIN TORDESILHAS?

AOS 15 ANOS de idade, os primos Vanessa Almada e Alexandre Madeira eram conhecidos na escola por vários apelidos engraçadinhos: Romeu e Julieta, Batman e Robin, Relâmpago e Trovoada, Dupla Sertaneja, Harry e Potter etc. Eles não ligavam muito. Os dois tinham a mesma idade e eram grandes amigos desde a infância, praticamente irmãos. E, junto com Iasmin Tordesilhas, formavam uma espécie de núcleo de resistência dentro da sala de aula do 1º ano do Ensino Médio. Resistência aos chatos e àqueles que pareciam dedicar a vida a azucrinar os outros.

Era terça-feira e eles tinham dois dias para finalizar o trabalho a ser apresentado na sexta durante a Semana das Artes do Instituto Educacional Seara do Saber. A professora de Arte havia dividido a turma em grupos e promovido um sorteio para definir qual segmento da História da Arte caberia a cada um: arquitetura, artes plásticas (pintura), artes plásticas (escultura), arte sacra, artes cênicas, dança, literatura (prosa), literatura (poesia), música erudita e música popular. Coube a Vanessa, Alexandre e Iasmin a História da Música Popular e eles passaram dois deliciosos meses ouvindo gêneros como samba, samba-canção, choro, bossa nova, *jazz*, *rock* e *blues* e estudando tudo sobre eles a fim de fazer uma boa apresentação, sabendo que enfrentariam risadinhas e olhares maliciosos de alguns colegas com o firme propósito de humilhá-los e prejudicá-los no que fosse possível.

Vanessa estava com um material do trabalho na mochila para devolver a Iasmin. Era um livro e dois CDs que pegara por engano na casa da amiga e que nada tinham a ver com o projeto. Quando percebeu que Iasmin não viera à escola, Vanessa, ignorando que o sinal já batera e que não seria mais permitida a entrada de nenhum aluno no turno da manhã, ligou para a amiga do velho celular quebra-galho da mãe, mas foi atendida pela caixa postal. Ela ia deixar um recado, mas o professor de Geografia entrou na sala naquele momento e todos os celulares tiveram de ser desligados e guardados nos bolsos ou nas mochilas. A escola era muito rigorosa quanto a isso e, se um aluno fosse flagrado mexendo no celular durante uma aula, seria imediatamente notificado pela coordenação. Se isso se repetisse, ganharia uma suspensão.

Vanessa inclinou-se discretamente para Alexandre e cochichou-lhe:

– Você falou com a Iasmin?

– Hoje?

– Hoje ou ontem... Ela te disse se está doente ou alguma coisa assim?

Alexandre deu de ombros.

– Para mim, não. Ela não veio, né? Está preocupada com o nosso trabalho? Fica tranquila, que a gente dá conta nesta reta final. Falta pouco.

Vanessa fulminou-o com os olhos:

– Não é com o trabalho, seu tonto. É com *ela*. Você sabe como é a Iasmin. É depressiva e vive ficando doente. Mas quando não vem à aula, ela sempre manda pelo menos uma mensagem avisando – ela parou de repente e, quando falou novamente, sua voz saiu quase gaguejando – Se bem que...

Alexandre mirou a prima em expectativa.

– Se bem que o quê?

– Se ela me escreveu, eu não vi, porque...

Vanessa abriu um sorriso sem graça antes de completar:

– Porque eu perdi o meu celular.

Alexandre ficou perplexo:

– O quê?! Você perdeu o seu celular? Logo você que nunca desgruda dele? Como uma pessoa "perde" um celular?

– Ninguém planeja perder uma coisa. A pessoa

perde e pronto. Eu perdi o meu celular ontem. Aliás, não foi a primeira vez.

— Mas é fácil encontrá-lo. Se você o perdeu em casa, é só ligar para ele e seguir o som da campainha.

— Acha que eu já não fiz isso? A bateria deve estar a zero. Aliás, nunca vi um aparelhinho para gastar bateria tão rápido como o meu celular, sabia? Mas isso não vem ao caso agora. O fato é que se a Iasmin me telefonou ou escreveu, eu não tive como ver.

— Você tentou ligar para a casa dela?

— Tentei hoje. Ninguém atende.

— E ontem?

Vanessa soltou o ar dos pulmões. Arrependia-se de não ter ligado ontem. Mandara uma mensagem do celular reserva que sua mãe mantinha em casa e que emprestara a ela emergencialmente, mas Iasmin não respondeu. Talvez não tivesse reconhecido o número. Vanessa não insistiu. Ela não imaginava que a ausência da amiga na escola se devesse a alguma coisa séria. Todo mundo, afinal, tinha direito a um tempo só para si, principalmente Iasmin que era uma garota meio na dela. É sufocante quando a gente quer silêncio e sossego e as pessoas ficam ligando, procurando, fazendo perguntas...

— Não deve ser nada — disse Vanessa, mais para encerrar o assunto do que motivada por uma convicção genuína. — Acho que estou me preocupando à toa.

– Também acho – concordou Alexandre.

Durante o intervalo, Vanessa ligou o celular e tentou novamente falar com Iasmin, sem sucesso. Ela e Alexandre tinham acabado de apanhar um lanche na cantina, quando viram dois vultos femininos se aproximando. Rita e Kahena. O ar ficou subitamente pesado.

– O que foi que aconteceu com a Iasminzinha que não veio à escola? A coitadinha ficou doentinha de novo?

O tom de Rita era de deboche. Vanessa respirou fundo e, fazendo cara de quem não dava a mínima, respondeu, inventando na hora uma desculpa que soasse mais digna do que confirmar que a amiga estava doente:

– Parece que ela teve que viajar – e deu uma mordida na empanada que Alexandre tinha acabado de entregar a ela.

Rita olhou para Kahena e as duas riram:

– Será mesmo?

Alexandre tomou a palavra:

– Estão com saudades dela? Já sei! É porque não sobrou ninguém aqui para vocês infernizarem, não é?

– Como não? Sobraram vocês dois! – disse Kahena. – Querem experimentar?

Vanessa respondeu, a boca ainda meio cheia:

– Claro! Podem começar.

Elas, naturalmente, não fizeram nada. Limitaram-se a encarar Vanessa e Alexandre com uma expressão divertida.

– Estão esperando o quê? Comecem a nos infernizar!

– A amiguinha de vocês não viajou – disse Rita.

– É mesmo? Ela te ligou para contar isso?

Kahena deu dois passos à frente e anunciou:

– Não. Mas a gente sabe que ela não viajou. Você devia acompanhar mais a Iasminzinha. Assim talvez ela estivesse aqui neste momento.

– Do que vocês estão falando? – mas já era tarde. Rita e Kahena tinham lhes dado as costas e se afastado. Vanessa ficou pensando que se o objetivo das duas era perturbá-la, elas tinham conseguido.

– O que elas quiseram dizer com isso? – perguntou Vanessa, sentindo-se mal de repente. – Será que elas sabem alguma coisa sobre a Iasmin que a gente não sabe?

– E como é que elas iam saber? Até parece que você não conhece "Rita Ofídia" e "Cobra Kahena", a dupla réptil. Essas mal-amadas falaram isso para nos deixar mal.

Vanessa meneou a cabeça.

– Não sei, não. Elas pareciam muito seguras do que estavam dizendo. Aí tem coisa.

AS COBRAS SABEM DE ALGO

DEPOIS DA AULA, Vanessa e Alexandre foram ao prédio onde morava Iasmin, na Rua 19 de Fevereiro, a poucos quarteirões da escola. Tocaram o interfone do apartamento dela, mas ninguém atendeu. O prédio não tinha porteiro, logo não havia ninguém à vista para dar informações.

Iasmin morava sozinha com a mãe, Coralina. Ela não tinha irmãos e o pai, Hernando Tordesilhas, morrera de maneira trágica quando ela tinha 7 anos. Isso, inclusive, teria sido a causa original de todos os seus problemas de autoestima e relacionamento. Iasmin nunca se recuperara da perda do pai e, com o tempo, tornou-se uma menina triste, tímida ao extremo, antissocial e muito sensível ao que os outros pensavam dela. Um prato cheio para as maldades de pessoas pequenas como Rita e Kahena, que tinham prazer em humilhar aqueles que elas sabiam ser incapazes de reagir.

– Talvez a Coralina tenha precisado viajar às pressas e levado a Iasmin com ela – supôs Alexandre, tentando soar esperançoso. – Alguém da família pode ter adoecido... Sabe se elas tinham familiares em alguma outra cidade?

    Ele e Vanessa caminhavam agora pela Rua São Clemente em direção ao Garfo Mix, restaurante de um vizinho de Vanessa. Como Vanessa morava bem perto, o restaurante era uma opção prática e, por ser a quilo, tinha uma boa variedade de pratos. Ela e Alexandre almoçavam lá quase todo dia. Wagner, o proprietário, que conhecia os dois desde pequenos, fazia questão de nunca cobrar e chegava a ficar ofendido quando eles não apareciam para comer.

    – Pode ser – Vanessa deu de ombros após pensar um pouco. – Acho que a Iasmin comentou alguma coisa comigo sobre isso, mas não me lembro direito.

    Mas ainda que se lembrasse, uma parte de Vanessa dizia-lhe que aquilo não tinha importância. Que Iasmin tinha sumido por outra razão. E as palavras cruéis de Rita e Kahena reverberavam na sua cabeça. Sim, as duas sabiam de alguma coisa. E a julgar pela alegria que elas fizeram questão de demonstrar, Iasmin provavelmente estava em apuros.

    E, então, surgia outra dúvida ainda mais inquietante: se, de fato, elas sabiam que Iasmin não tinha viajado, de que maneira tomaram conhecimento disso?

    Elas não eram amigas, muito pelo contrário. Desde que Iasmin entrara na escola, Rita e Kahena parecem ter adotado como seu passatempo principal humilhar a garota, aproveitando-se do fato de ela ser frágil demais para reagir. Praticavam um *bullying* violento à vista de todos e ninguém na turma, com exceção de Vanessa e Alexandre, fazia nada para impedir, provavelmente receando se tornar a próxima vítima. Rita e Kahena eram bonitas, ricas e engraçadas. Todos pareciam adorá-las. E faziam de tudo para pertencer ao seu seleto círculo de amizades, o que, na opinião deles, lhes abriria portas para um mundo refinado de festas, badalação e *glamour*. Nada mais distante da realidade. Em primeiro lugar, Rita e Kahena desprezavam a maioria das pessoas, ainda mais aquelas que viessem lhes pedir amizade. Em segundo, o mundo delas não era assim tão maravilhoso com faziam crer as suas muitas publicações nas redes sociais. Fotos, vídeos, depoimentos e transmissões ao vivo, sempre com algum pano de fundo insinuante: uma festa bem animada, uma paisagem linda, o interior ricamente decorado de uma residência, um endereço elegante no exterior, de preferência tomado por vitrines rutilantes de marcas caríssimas e inacessíveis à maioria das pessoas. Vanessa, no entanto, já havia aprendido que o que era mostrado nas redes sociais, em geral, não passava de um recorte da vida de quem postava. Um recorte bem selecionado a fim de mostrar apenas as coisas boas. Por trás de muitos perfis superpopulares havia pessoas infelizes, que tentavam compensar o vazio de seus cotidianos fabricando uma vida de fantasia *on-line*. Ofereciam seus melhores sorrisos para as câmeras antes de derramar lágrimas na intimidade melancólica de quartos solitários. E, para deixar tudo mais complicado, invejavam aqueles amigos ou conhecidos muito menos populares, mas que, na vida real, aparentavam ser felizes de verdade, pois tinham afeto ao redor e sabiam cultivar e apreciar a simplicidade.

Rita e Kahena odiavam Iasmin. E, nas poucas vezes em que Iasmin se atreveu a reagir aos insultos, aos risinhos, às humilhações, elas fizeram questão de puni-la, humilhando-a ainda mais. Iasmin não tinha o direito de tentar sair da gaiola onde as duas decidiram confiná-la. Vanessa rememorou a semana anterior, tentando se lembrar de algum movimento anormal de Iasmin que pudesse provocar a ira das colegas, mas nada lhe pareceu fora do lugar.

De todo modo, se isso tivesse acontecido, Vanessa já saberia. E, com toda a certeza, Rita e Kahena deixariam isso muito claro, até para que o deslize não se repetisse.

Foi assim, mergulhada em dúvidas, que Vanessa entrou no restaurante do tio Wagner. Embora não fossem parentes, ela se acostumara a chamá-lo assim, pois, desde que se entendia por gente, ele era seu vizinho de porta. Wagner nunca fizera objeção a isso, muito pelo contrário. Parecia feliz em se sentir meio que um membro daquela família com a qual se dava tão bem.

Wagner estava, como sempre, revezando-se entre o caixa e o salão, onde recebia os clientes com sua simpatia e carisma. Era um homem corpulento, com uma pequena calvície se insinuando nos cabelos grisalhos cortados bem curtos e os óculos de leitura presos por uma correntinha balançando rente ao peito. Wagner tinha acabado de se despedir de um casal idoso que morava nas imediações e almoçava ali todos os dias quando Vanessa e Alexandre entraram.

– Pensei que não viessem hoje – disse ele, dando dois beijinhos em Vanessa e um tapinha no ombro do Alexandre, seus dois "sobrinhos". – Vão lá se servir. Hoje temos peixe.

Nenhum dos dois gostava de peixe e Wagner, ciente disso, começou a rir sozinho da própria piadinha sem graça. Mas nas cubas do bufê havia também carne, frango, massas, saladas, arroz e outros pratos que os dois apreciavam. O restaurante não era grande, só abria para o almoço e o cardápio não costumava mudar muito. A exceção era mesmo o peixe, que Wagner, atendendo a pedidos, servia um ou dois dias da semana e as massas que, em dias também espaçados, eram mais variadas, às vezes incluindo lasanha, o prato preferido de Vanessa.

Depois que eles se serviram e sentaram numa mesa ao fundo, Wagner trouxe pessoalmente duas garrafinhas de água sem gás e os copos.

– Como está o trabalho?

Vanessa custou a processar a pergunta dele.

– Trabalho...

– O trabalho sobre música. Seu pai falou que vocês reviraram a coleção de discos dele por causa desse trabalho, não foi? Pensamos até que fossem formar uma banda. Sabem que cheguei a pensar em alguns nomes...? "Os Besouros" é o melhor. Tradução literal para o português de "The Beatles".

– Ah, tio! – ralhou Vanessa. – Menos, OK?

Wagner voltou a gargalhar. Era verdade que eles tinham usado a estupenda coleção de LPs e CDs do pai de Vanessa para mergulhar no universo da música popular e se familiarizar com os ritmos a fim de fazer um trabalho à altura do que a professora esperava. Fizeram o mesmo na coleção que Iasmin tinha em casa, herdada do pai dela. Eles também não queriam fazer feio diante da turma, principalmente das duas chatas, que não perdoariam, caso o trabalho não fosse menos do que ótimo. Às vezes, cobranças assim, mal-intencionadas, eram estímulos perfeitos para se superar, e Vanessa e Alexandre confiavam que o trabalho estava ficando mesmo excelente.

– E a Iasmin? Não veio? Não venham me dizer que ela enjoou da minha comida.

Vanessa e Alexandre se entreolharam. Deviam falar a verdade ou era melhor, por enquanto, eles guardarem aquela aflição para si?

– Acho que a Iasmin está gripada – respondeu Alexandre. – Ela nem foi à aula hoje.

Wagner soltou o ar dos pulmões.

– Essas mudanças de tempo acabam com a saúde da gente. Essa menina precisa se cuidar. Ela é muito frágil. Acho que é falta de sol. Digam a ela para, quando melhorar, aparecer aqui que mando preparar uma canja reforçada. É o melhor fortificante que eu conheço.

Uma das garçonetes fez sinal, ao longe, para Wagner e ele foi obrigado a se afastar. Vanessa sentiu um alívio. Não conhecia ninguém que gostasse tanto de conversar quanto o tio Wagner e precisava ficar sozinha com Alexandre para trocar uma ideia com ele.

– Estou preocupada. Tem alguma coisa errada acontecendo com a Iasmin e nada tira da minha cabeça que aquelas duas cobras estão metidas nisso.

– Andei pensando no assunto desde que a gente saiu do prédio da Iasmin e começo a achar que você tem razão – disse Alexandre, depois de mastigar um pedaço generoso de frango à milanesa. – Não é de hoje que a Rita e a Kahena vêm ameaçando a Iasmin. Não duvido que elas tenham decidido fazer alguma coisa agora.

Vanessa ligou mais uma vez para o celular de Iasmin e para a casa dela. Continuava tudo na mesma. Ela sentiu a angústia crescendo dentro de si.

– Não sei o que fazer... – desabafou ela.

– Eu sei – falou Alexandre. – Vamos esperar até amanhã de manhã. Se a Iasmin não aparecer na aula e continuarmos sem conseguir falar com ela, a gente começa a investigar. Se a Rita e a Kahena tiverem culpa no cartório, nós vamos descobrir.

QUANDO TUDO COMEÇOU

IASMIN CONSEGUIU INGRESSAR no Instituto Educacional Seara do Saber graças a uma bolsa. O pai dela tinha morrido havia pouco tempo e, por essa razão, a família Tordesilhas atravessava uma grave crise financeira. Na ocasião, Iasmin tinha 8 anos, a mesma idade de Vanessa. Ela já era, nessa época, a mesma pessoa tímida, desconfiada e calada de hoje.

Por ser pouco sociável e dificilmente sorrir, toda a turma antipatizou com ela imediatamente. Nenhum colega tentou se aproximar – inclusive Vanessa – e era na hora do intervalo que essa rejeição se tornava mais visível. Enquanto todas as crianças corriam, brincavam ou lanchavam em grupo, Iasmin podia ser encontrada num dos cantos do pátio sentada sozinha, comendo um sanduíche de requeijão preparado pela mãe.

A antipatia só evoluiu para a hostilidade no ano seguinte, quando um colega de turma que Vanessa já nem se lembrava quem era puxou assunto com Iasmin, talvez numa tentativa de quebrar aquele gelo que parecia invencível, e perguntou, despretensiosamente onde ela estudava antes, se ela estava gostando do colégio... Eram perguntas bem triviais, sem qualquer intenção de xeretar a vida de Iasmin. E ela, movida pela ingenuidade de uma menina de 9 anos, fez a besteira de responder a verdade:

– Eu ganhei uma bolsa para estudar aqui. Meu pai morreu e minha mãe não tem dinheiro.

Aquilo rapidamente se espalhou entre os colegas e chegou ao conhecimento do núcleo venenoso da turma. A menina, além de esquisita e antipática, era pobre e – vejam que absurdo! – havia recebido uma "bolsa" para estudar ali. No dia seguinte, Kahena, que já era um projeto da cobra que se tornaria ao longo dos anos seguintes, foi perturbar Iasmin.

– Eu tenho umas bolsas velhas lá em casa. Se quiser, te dou uma. Afinal, você não tem nenhuma, né? Tadinha... Até o colégio teve que dar uma bolsa...

Atrás de Kahena, ouviu-se uma explosão de risadas maldosas, cujo único objetivo era humilhar ao máximo Iasmin, colocando-a "no seu devido lugar" ou até abaixo dele, se possível. A menina, amedrontada diante daquela demonstração de ódio e sadismo, encolheu-se defensivamente, sem conseguir proferir uma resposta. A ausência de reação dela pareceu encorajar ainda mais as investidas da turma de Kahena e, em pouco tempo, Iasmin se transformou no alvo preferido dos colegas, objeto de todas as suas conversas. Uma parte se deliciava com o sofrimento imposto à pobre menina esquisita, indigna de pertencer ao mesmo grupo iluminado dos alunos que não precisavam de bolsas para estudar na escola. A maioria, no entanto, fazia coro ou se omitia, aliviada por não ser o alvo das chacotas e esperançosa de ser bem vista por Kahena e suas amigas, que formavam, aos olhos da maioria, uma espécie de elite da turma.

Mas nem todos se acovardaram. Vanessa, que nunca simpatizara muito com Iasmin por confundir sua timidez com antipatia, sensibilizou-se com a situação e começou a se aproximar dela gradualmente. Primeiro, sentando-se ao seu lado na sala de aula, fingindo ignorar as provocações das meninas do entorno. Depois, fazendo-lhe companhia na hora do recreio. Pessoas sozinhas eram mais vulneráveis e, se conseguisse que Iasmin lhe dirigisse atenção, ela não perceberia tanto os olhares e risinhos que lhe eram dirigidos pelas outras colegas. A princípio desconfiada, Iasmin aos poucos foi simpatizando com Vanessa e confiando naquela garota, que era diferente das outras.

Antes do final daquele ano, as duas já tinham se tornado amigas. E, no ano seguinte, a dupla ganhou o reforço de Alexandre, que se mudara com a família para o Rio depois do Natal e conseguira

se matricular na escola graças a Wagner, que era amigo pessoal do diretor. Alexandre era como um irmão para Vanessa e Iasmin passou a vê-lo da mesma forma.

O *bullying* contra Iasmin não acabara. Sequer diminuíra. Mas ela já não estava sozinha. Tinha amigos que gostavam dela e em quem ela podia se apoiar. Fora assim nos últimos anos. Vanessa e Alexandre consideravam-se meio que responsáveis pelo bem-estar de Iasmin e, agora que ela tinha sumido, sentiam-se impotentes e culpados, achando que deveriam ter detectado alguma mudança no humor dela que indicasse que algo de anormal estava acontecendo.

Na manhã seguinte, Iasmin, mais uma vez, não foi à aula. Quando o turno da manhã terminou, Vanessa e Alexandre continuaram na sala, enquanto assistiam aos colegas saírem animados. Quando se viram sozinhos, Alexandre levantou-se, deu uma espiadela no corredor a fim de se certificar de que não havia ninguém rondando e fechou a porta.

– E aí? Vamos ficar parados enquanto Iasmin pode estar sofrendo, confinada em algum lugar?

Vanessa ligou para o celular de Iasmin e, depois, para a casa dela, mas continuava tudo na mesma. Ela suspirou fundo.

– Eu não queria cometer uma injustiça...

– Nós não vamos acusar ninguém – disse Alexandre, sentando-se em frente à prima. – Não vamos afirmar ao diretor: "foi a Kahena" ou "foi a Rita". Vamos apenas contar o que sabemos. Que aquelas duas deram a entender que sabiam o que aconteceu com a Iasmin. E que elas já a tinham ameaçado várias vezes antes.

Vanessa torceu os lábios, temerosa. Sabia que aquilo poderia deflagrar uma guerra dentro da escola. Mas o mais importante era localizar Iasmin o quanto antes.

Ela pôs-se de pé, resoluta:

– Está certo. Vamos falar com o diretor. Já perdemos tempo demais.

A surpresa veio no instante seguinte, quando um dos inspetores entrou na sala:

– Então vocês ainda estão aí? – indagou ele. – Procurei pelos dois na escola inteira. O diretor quer falar com vocês na sala dele.

NO GABINETE DO DIRETOR

LOURIVAL JUNQUEIRA, o diretor do IESS, era mais conhecido por todos como "Diretor Junqueira" ou apenas "Junqueira". Era um sujeito boa-praça, gentil com os alunos, atento aos problemas da escola e muito querido por todos. Se alguém precisasse de alguma coisa e estivesse dentro das suas possibilidades, Junqueira dava um jeito de ajudar com a maior boa vontade. Ocupando a direção do IESS há mais de 20 anos, ele era considerado uma lenda dentro da escola e era comum ex-alunos, alguns até já casados e com filhos, aparecerem para visitá-lo.

A única vez em que o diretor chamou Vanessa e Alexandre à sua sala foi quando Alexandre, então com 12 anos, se envolveu numa briga. Ele tinha, durante o intervalo, esbarrado sem querer num colega, fazendo-o derramar todo o suco que estava bebendo. Não adiantaram os pedidos de desculpas e nem mesmo Alexandre ter se oferecido para pagar outro suco. O carinha, pelo visto, queria sangue e partiu na mesma hora para cima de Alexandre, incentivado pelo coro dos idiotas da turma que rapidamente transformaram o incidente num circo. Obrigado a se defender, Alexandre aproveitou-se de um descuido do seu agressor e acertou-lhe um único soco, certeiro, partindo a mandíbula do garoto, que acabou desmaiando.

Já na sala do diretor, Alexandre alegou que estava tentando reagir a um maluco que havia lhe aplicado uma saraivada de socos e chutes por nada. Vanessa, Iasmin e outros colegas que testemunharam tudo, reforçaram o que ele dissera, afirmando que o outro garoto era um presepeiro violento. O diretor compreendia, conhecia tanto a índole de Alexandre quanto a do outro menino, mas o fato era que este saíra da escola numa ambulância, enquanto Alexandre apresentava apenas alguns arranhões e pequenas equimoses. Até para dar uma satisfação à mãe do outro garoto, que tinha ficado histérica ao saber do ocorrido, o diretor não teve saída a não ser determinar, a contragosto, uma semana de suspensão para Alexandre.

Agora, anos mais tarde, ao se dirigirem novamente ao gabinete de Junqueira, eles temiam pelo pior. Talvez o diretor já soubesse que algo trágico acontecera a Iasmin e, sabendo que eles eram amigos dela, quisesse lhes revelar o ocorrido em particular. O temor aumentou quando eles entraram no gabinete e deram de cara com a mãe de Iasmin.

– Oi, Coralina – Vanessa se adiantou. – Está tudo bem?

Ela preferiu não perguntar de cara por Iasmin, muito menos dizer que vinha ligando insistentemente para a casa delas sem ser atendida, pois soaria invasivo demais e poderia fazer Coralina se assustar desnecessariamente. Mas ela já parecia devastada o bastante e sem forças para dissimular um sorriso amigável.

– Olá, Vanessa. Olá, Alexandre. Não, queridos, não estou nada bem.

Vanessa prendeu a respiração, aterrorizada com o que ela falaria a seguir.

– Desde segunda à noite não recebo notícias da Iasmin. Por isso vim aqui.

– Entrem, meus jovens – pediu Junqueira, caminhando até a porta. Ele era um homem alto e esguio, de cabelo e barba grisalha e óculos de armação larga.

Os três se acomodaram num sofá em frente à mesa dele. Junqueira puxou sua cadeira e sentou-se junto a eles para que a mesa não os separasse.

– A dona Coralina chegou ontem à noite de viagem – falou Junqueira, com sua voz mansa e pausada. – Ela está desde a noite de segunda tentando falar com Iasmin e não consegue.

– Então, a senhora estava viajando? – falou Alexandre. – Isso explica ninguém ter atendido o telefone na sua casa.

– Sim, a trabalho. Um congresso da empresa em Minas. Não podia deixar de ir e também não podia levar ninguém comigo. Foram só dois dias, segunda e terça. Iasmin me garantiu que ficaria bem. Não imaginei que fosse acontecer isso.

– A gente está atrás da Iasmin desde terça, quando ela não veio à aula – falou Alexandre. – Ela sempre avisa a um de nós quando tem que faltar.

– Estamos preocupados com ela – disse Vanessa.

– Você se lembra se ela estava aflita ou com algum problema no fim de semana, antes de você viajar?

Coralina apoiou o queixo numa das mãos.

– Interessante você me perguntar isso, pois eu queria saber a mesma coisa de você.

Vanessa e Alexandre trocaram olhares confusos.

– De mim? – gaguejou Vanessa, sem saber o que pensar. – Como assim?

– Na segunda, Iasmin recebeu várias mensagens suas. E disse que estava muito preocupada com você, pois *você* estava correndo perigo.

VANESSA EM PERIGO

VANESSA LEVOU ALGUNS INSTANTES para registrar aquela frase.
– Como é que é...? Eu... correndo perigo?
Coralina fez que sim com a cabeça.
– A Iasmin te falou isso? – Alexandre perguntou a Coralina. – Tem certeza?
– Ela não mentiria sobre uma coisa dessas.
– Mas eu não mandei mensagem nenhuma para a Iasmin na segunda. Alguém deve ter pregado um trote nela.
– Ela me disse que as mensagens foram mandadas do seu celular. Que os números batiam. Tentou falar com você, mas você não atendia.
– Eu estou sem meu celular. Não sei se roubaram, mas o mais provável é que eu o tenha perdido. Na segunda, eu já estava sem ele.
O diretor interveio:
– Roubos de celulares, infelizmente, têm sido comuns nessas redondezas. Você já comunicou à sua operadora ou deu parte à polícia?
– Não. O celular não foi roubado. Com certeza,

eu o perdi em algum lugar. Não é a primeira vez que acontece. Se eu ligar para a operadora, vai ser um transtorno fazer a linha funcionar depois que eu encontrar o aparelho.

Alexandre interrompeu:

– Se você estava sem o celular, Vanessa, quem então mandou as mensagens?

– Alguém deve ter se passado por mim. Só pode.

– A Iasmin disse que o número que aparecia era o seu. Ela desconfiaria se as mensagens viessem de outro número.

Vanessa ia responder, mas parou de repente, sentindo um arrepio.

E se alguém tirara o telefone dela? Era muito estranho ela ter dado pela falta do aparelho justo na segunda, dia em que Iasmin desapareceu.

Será que alguém usara o aparelho para se passar por Vanessa e induzir Iasmin a fazer alguma coisa? Ou ir a algum lugar?

Um ar pesado envolveu o ambiente. Até o diretor, sempre tão sereno, pareceu perceber.

– Sem querer alarmar vocês – disse ele –, creio que o nosso problema pode ser um pouco mais sério do que supomos. Coincidências, assim, não costumam acontecer, ainda mais quando há o desaparecimento de uma jovem no meio.

– O que o senhor sugere que façamos? – perguntou Coralina, parecendo cada vez mais nervosa.

– Minha filha pode estar em perigo. E não sei, sinceramente, quem iria querer fazer algum mal a ela.

– Eu sei – falou Vanessa, inadvertidamente.

Todos olharam para ela ao mesmo tempo. Ela corou e torceu as mãos, nervosa, com medo de estar prestes a cometer uma injustiça.

Ela procurou as palavras certas, prolongando o silêncio por alguns inquietantes segundos a mais.

– Sabe? – interpelou Coralina. – E pode nos dizer de quem se trata?

Vanessa olhou de esguelha para Alexandre, que fez um gesto de assentimento com a cabeça, encorajando-a a ir em frente.

– Há anos a Iasmin é vítima de *bullying* aqui na escola.

O diretor olhou alarmado para ela:

– *Bullying*? Aqui? De quem?

Então, Vanessa contou tudo. Falou da perseguição capitaneada por Rita e Kahena havia anos e que vinha piorando nos últimos tempos, culminando com algumas ameaças recentes feitas por elas a Iasmin.

Revelou, por fim, o diálogo tenso que tivera ontem com Rita e Kahena, quando as duas deram a entender que sabiam o que acontecera a Iasmin.

– Não sei se elas fizeram isso só para nos provocar – complementou Vanessa. – Mas que foi estranho, foi. Elas pareciam muito convictas.

– Não posso acreditar que duas meninas fariam algum mal à minha filha – falou Coralina, balançando a cabeça.

– Elas têm feito há anos, Coralina – disse Alexandre. – Parece uma obsessão.

– E, sabendo disso, por que vocês nunca apresentaram uma queixa à escola? – questionou Junqueira, inclinando-se na direção deles. Sua habitual serenidade tinha ido temporariamente para o espaço e ele falava com tanta firmeza, que Vanessa e Alexandre se sentiram diminuir de tamanho ali dentro. – Vocês têm ideia do que a omissão de vocês dois pode ter causado de prejuízo emocional para a Iasmin?

– Por várias vezes, nós tentamos falar com a escola, mas a Iasmin nunca deixou – explicou-se Alexandre. – Disse que não nos perdoaria se fizéssemos isso.

– Além disso, não havia muito o que denunciar – acrescentou Vanessa. – Nunca bateram nela nem a xingaram abertamente. A agressão era muito dissimulada. Risadinhas, cochichos, piadinhas... Várias vezes, o Alexandre e eu tentamos colocar as agressoras contra a parede, perguntamos por que elas odiavam tanto a Iasmin. Elas faziam cara de desentendidas e respondiam que não tinham nada contra ela, que nós estávamos vendo coisas... Se o senhor ou qualquer pessoa do colégio as chamasse para conversar, elas diriam a mesma coisa. Percebi que isso estava expondo ainda mais a Iasmin, fazendo com que as pessoas achassem que ela era uma menina frágil, que dependia dos amigos para se defender.

Coralina olhava para Vanessa e Alexandre com uma expressão congestionada.

– Se sabiam que minha filha estava sofrendo agressões, vocês, pelo menos, podiam ter dito alguma coisa para mim. Sem que ela soubesse.

Vanessa e Alexandre ficaram em silêncio. Não queriam confrontar Coralina, pois sabiam que a situação devia estar sendo muito difícil para ela. Mas a verdade era que a própria Iasmin dizia que, se Coralina soubesse do *bullying*, iria tirá-la na mesma hora do IESS. Por mais que odiasse as colegas, ela estava ciente de que seria difícil conseguir uma bolsa de estudos em outra escola daquele nível. Suas notas estavam boas. Tudo o que ela queria era terminar o Ensino Médio. Depois que fosse para a universidade, talvez nunca mais encontrasse Rita, Kahena ou qualquer uma das sombras que a atormentavam hoje. Vanessa e Alexandre respeitaram a decisão dela. E, já que ela os proibira de contar a quem quer que fosse o que estava se passando, eles limitavam-se a oferecer seu apoio ali mesmo na escola, na forma de companhia e de solidariedade. Era, aliás, o máximo que Iasmin permitia.

— Iasmin perdeu o pai muito cedo — disse Coralina, contendo as lágrimas. — Foi um choque muito grande e ela nunca se recuperou.

Junqueira esfregou as mãos e colocou-se de pé:

— Temos que apurar o que aconteceu a Iasmin. Vou convocar agora mesmo os pais dessas duas alunas para virem até aqui.

— Queremos participar da conversa, se o senhor não se importar — disse Vanessa.

— Eu acho melhor não, minha jovem — argumentou o diretor. — Não é bom que vocês se exponham desnecessariamente. Se essas meninas são tão ardilosas, poderão se voltar contra vocês.

— Fazemos questão de participar — falou Alexandre. — Além do mais, elas já se voltaram contra nós há muito tempo.

— Não estamos nem aí para elas — complementou Vanessa.

— O que a senhora acha, dona Coralina? — perguntou Junqueira.

Coralina sorriu.

— Eles são bons amigos da Iasmin e boas pessoas. Querem testemunhar a favor dela. Se eles estiverem presentes, os pais das meninas podem se sentir pressionados a exigir que as filhas confessem onde a Iasmin está. É só isso o que eu quero saber: onde minha filha está.

Junqueira respirou fundo e aquiesceu:

– Que assim seja. Vou solicitar à secretaria que entre em contato imediatamente com os pais das meninas e marquem uma hora com eles. Volto já.

Junqueira retirou-se e Vanessa aproveitou para ligar para Wagner, dizendo que eles se atrasariam um pouco para o almoço. Ao abrir um dos compartimentos da mochila e enfiar a mão para apanhar o celular, levou um susto ao sentir seus dedos envolverem um objeto familiar. Ela puxou o braço devagar e surpreendeu-se ao ver que segurava o celular que havia perdido. Ele não estava ali quando arrumou a mochila mais cedo, antes de sair para a escola. Tinha certeza.

O pensamento de Vanessa se congelou numa única constatação: "Alguém o pusera ali. Durante aquela manhã".

MISTÉRIO NA MOCHILA

VANESSA APRESSOU-SE EM LIGAR o aparelho. Um pequeno ícone no visor mostrava que a bateria estava pela metade. Vanessa começou a vasculhar seu histórico de atividades. Não havia nenhum registro de contato entre ela e Iasmin desde o fim de semana. A última mensagem que aparecia era de domingo à noite, uma piada encaminhada por Iasmin. O histórico, desde segunda-feira, estava vazio.

Era assustador imaginar que alguém estivera com o seu aparelho por três dias, acessando seus perfis nas redes sociais, visualizando seus contatos, intrometendo-se na sua vida e na sua intimidade. Mas era um alívio ter o celular de volta. O melhor a fazer agora seria trocar todas as senhas e rastreá-lo com um bom antivírus.

Vanessa custou a perceber que Alexandre a olhava como se ela fosse um ET.

– Você não disse que o seu celular tinha sumido? O que ele está fazendo bem aí na sua mochila?

Como explicar o óbvio?

– Ele tinha sumido. Revirei essa mochila do avesso, esvaziei-a umas duas vezes... Alguém o colocou aqui hoje. Estou tentando me lembrar se alguém chegou perto da mochila, mas ninguém me vem à cabeça.

Alexandre estreitou os olhos, ainda desconfiado:

– Tem certeza? Você vive com a cabeça na Lua. Eu não ficaria nem um pouco surpreso se descobrisse que você estava com o celular à vista o tempo todo e não percebeu.

Vanessa só faltou espumar.

– Você acha que eu ia brincar com uma coisa dessas? Se eu estou dizendo que o celular estava sumido, é porque estava.

Alexandre ficou retorcendo os lábios e movendo-os de um lado ao outro.

– Tudo bem. Desta vez passa. Mas, no caso de alguém ter colocado o celular aí, só pode ter sido durante o intervalo.

Coralina, que acompanhava calada a discussão dos dois, se intrometeu:

– Isso talvez reforce as suspeitas que vocês têm sobre as duas meninas implicantes, Ruth e Caiena...

– Rita e Kahena.

– Isso! Elas estudam na mesma sala que vocês e Iasmin?

Alexandre e Vanessa fizeram que sim.

– Não preciso perguntar se no seu celular tem algum recado de Iasmin, preciso?

Vanessa abanou a cabeça.

– Não achei nada. É como se o aparelho tivesse entrado em coma na segunda-feira e acabado de acordar.

Coralina encolheu-se, desanimada. Naquele momento, o diretor voltou à sala.

– Acabei de falar com os pais de Rita e Kahena. Eles virão aqui às duas da tarde – Junqueira olhou para Vanessa e Alexandre. – Se vocês não mudaram de ideia...

Vanessa nem consultou Alexandre, respondendo pelos dois:

– Voltaremos depois do almoço!

• • •

No restaurante, Vanessa ligou para a mãe, Nair, e contou que encontrara o celular. Nair não pareceu impressionada.

– Era o que eu imaginava. Você vive perdendo as coisas.

– Não é verdade!

– Contanto que você não perca o ano...

– Minhas notas estão boas, mãe.

– Não faz mais do que a sua obrigação. Te espero em casa e veja se não abusa da boa-vontade do Wagner, OK?

Desligaram. Vendo que Vanessa parecia abatida, Wagner aproximou-se da mesa e perguntou:

– Está tudo bem por aí?
Vanessa deu de ombros.
– Minha mãe, às vezes, é rigorosa demais comigo.
Wagner sorriu, compreensivo.
– É bom que seja assim e um dia você vai agradecer a ela por isso. Teu pai ainda está viajando?
O pai de Vanessa, Sandro, viajara a trabalho para São Paulo na segunda-feira cedo. Desde que perdera um emprego de mais de dez anos num banco que fora comprado por outro, ele criou coragem e abriu sua própria empresa de consultoria na área financeira. O começo foi difícil, mas em alguns meses ele conquistou clientes em várias partes do Brasil e ultimamente revezava uma semana no Rio com outra viajando por outros estados.
– Ele só volta na sexta.
Wagner visivelmente queria puxar assunto com aqueles jovens de quem gostava tanto. Ele apoiou as mãos no encosto de uma das cadeiras livres da mesa e perguntou:
– E a Iasmin, ainda está gripada?
Vanessa estava torcendo para o tio não pedir notícias da amiga, pois não queria assustá-lo. Mas, desta vez, foi obrigada a falar a verdade:
– Ela está desaparecida.
– Mas vocês disseram que ela está doente...
– Nós mentimos – respondeu Alexandre. – Aconteceu alguma coisa com ela, mas a gente não sabe o quê.

Wagner levou as mãos à boca, parecendo consternado.
– Já avisaram a polícia?
– Não sei. O diretor vai investigar.
– O Junqueira? Por que não a polícia?
– Ele quer conversar antes com os pais de umas colegas nossas que não gostam da Iasmin – explicou Alexandre. – Talvez elas sejam as culpadas.
Wagner ergueu as sobrancelhas.
– Duas colegas de vocês? Envolvidas num sequestro? Tem certeza?
– É só uma suspeita, tio Wagner – Vanessa terminou de comer, atravessando os talheres no prato vazio. – Dependendo do que a gente tratar na reunião, o diretor vai ver se chama a polícia ou não.
– "A gente"? Como assim "a gente"? Vocês vão participar da reunião? Sua mãe sabe disso?
– É uma longa história – Vanessa conferiu o relógio e falou a Alexandre: – Está quase na hora. Vamos lá?

Eles trataram de sair depressa para não dar tempo a Wagner de pensar melhor e tentar impedi-los de alguma forma. Caminharam a passos largos pelas ruas de Botafogo de volta ao IESS. Iam tão compenetrados – tanto imaginando no que resultaria a reunião com os pais de Rita e Kahena quanto preocupados de não chegar atrasados –, que não perceberam que alguém os seguia a uma distância estratégica, esgueirando-se pelas calçadas, misturando-se aos muitos pedestres que circulavam naquele início de tarde para toda parte.

A mulher loura de 40 e tantos anos, conhecida como dra. Delta, não perdeu Vanessa e Alexandre de vista até os dois entrarem no colégio. Usando uma jaqueta cáqui larga e óculos de sol que pareciam saídos de algum acampamento *hippie* dos anos 1970, a dra. Delta observou demoradamente a porta fechada do colégio e murmurou para si mesma:

– Há quanto tempo, Vanessa... Você não faz mesmo ideia do que está acontecendo, não é?

FILHAS ARROGANTES DE PAIS ARROGANTES

A REUNIÃO NA SALA DO DIRETOR foi ainda pior do que Vanessa temia. Mesmo depois de Junqueira, com o seu temperamento sereno e um discurso conciliador, expor o problema tomando todos os cuidados possíveis para não atacar ou constranger ninguém, o pai de Rita e a mãe de Kahena reagiram como se tivessem sido diretamente insultados. Aos gritos e dedos na cara do diretor, eles defenderam as filhas de maneira intransigente, afirmando tratar-se de meninas decentes, honestas, de bom coração e incapazes de fazer mal a qualquer ser vivo, muito menos a uma colega de turma. Insinuaram que Vanessa e Alexandre eram dois mentirosos invejosos e sem caráter, ameaçaram difamar a escola nos grupos de pais dos quais participavam na internet e foram embora jurando que procurariam a polícia, caso Rita e Kahena recebessem qualquer advertência por causa daquele "bando de mentiras".

Depois que eles saíram, Junqueira fechou a porta e falou a Vanessa e Alexandre, sentados no sofá:
– Eu devia imaginar que eles reagiriam assim. Os pais nunca acham que os filhos são culpados de coisa alguma.

Alexandre riu.
– A mãe da Kahena dizer que a filha é uma santa foi tenso.
– A gente não pode se esquecer de que a Rita e a Kahena foram educadas por esses pais arrogantes – salientou Vanessa. – Pelo visto, são todos iguais.

Junqueira deu um suspiro.
– Vocês estão certos, mas não é hora de falar sobre isso. Eu quis conversar com os pais de Kahena e Rita em primeiro lugar, mas, mesmo diante das ameaças que eles me fizeram, terei de conversar também com as meninas. Mas isso será só amanhã. Por ora, precisamos nos concentrar na busca a Iasmin. Dona Coralina já deve ter ido à polícia. Da minha parte, estou à disposição para auxiliar no que for preciso.
– Não sei se a polícia vai resolver alguma coisa – disse Alexandre. – Com tantos crimes muito mais graves acontecendo por aí, o desaparecimento de uma garota é capaz de fazer o delegado bocejar.

Vanessa concordou:
– Sem contar que ela sumiu faz poucos dias e parece que existe um prazo para uma pessoa ser considerada desaparecida, não é?

– Sim, 48 horas – disse o diretor. – Mas 48 horas é tempo demais. Uma pessoa pode ser muito maltratada nesse tempo ou até mesmo morta. A burocracia é morosa demais diante da rapidez da realidade.

Vanessa sentiu um desânimo profundo.

– Não sei o que fazer.

Junqueira sentou-se à escrivaninha.

– Precisamos ser práticos. De nada irá adiantar ficarmos lamentando. Vocês têm alguma ideia de lugares que Iasmin frequenta? Ela costuma ir aonde?

– Ela sai muito pouco, diretor. Normalmente fica a maior parte do tempo em casa ou faz alguma coisa aqui mesmo pelo bairro.

– Ela é reclusa?

– Sim – Alexandre respondeu.

– Por quê? Por causa do *bullying*?

– Também. Mas é mais do que isso. A Iasmin tem um trauma, que é a morte do pai. Ela era muito menina quando o pai morreu por causa de um infarto.

Junqueira fez expressão de surpresa.

– Morreu por causa de um infarto...?

Vanessa e Alexandre não entenderam a reação dele. Todo mundo sabia daquela história, que acontecera há quase dez anos. Como era possível que justo o diretor da escola, que foi posto a par de tudo quando Iasmin precisou ser matriculada lá, não soubesse?

— Desculpe, diretor, mas o que tem de espantoso nisso? — indagou Alexandre. — Sabemos que foi uma tragédia, só que...

Junqueira fez um gesto com a mão, interrompendo-o

— Eu é que peço desculpas. Eu não devia ter tocado nesse assunto agora. É inconveniente num momento como esse. Mas é que imaginei que alguém já lhes tivesse falado a verdade.

Agora, Vanessa e Alexandre estavam realmente confusos.

— Que verdade?

— Hernando Tordesilhas, o pai de Iasmin, não sofreu um infarto. Ele foi assassinado.

NO NINHO DA COBRA

A DRA. DELTA encontrou uma graciosa cafeteria com mesas ao ar livre a poucos quarteirões do colégio. Ela ficava numa esquina ao lado de uma das saídas da estação Botafogo do metrô, onde embarcaria para voltar para casa, na Tijuca. Antes, porém, queria reler a mensagem que recebera havia pouco.

Ela pediu um suco de laranja e um pão de queijo e usou o *wi-fi* do estabelecimento para acessar a internet. A mensagem descrevia uma sacola verde de tecido com o logotipo de uma loja em Minas Gerais chamada Ágara. Em seguida, conferiu novamente o endereço de Iasmin Tordesilhas. Ficava bem próximo de onde estava. Menos de dez minutos a pé. O apartamento permanecia vazio a maior parte do dia, mas hoje dona Coralina havia faltado ao trabalho por causa do desaparecimento da filha e seria arriscado entrar lá.

A dra. Delta não gostou daquilo. Queria resolver a questão logo. Mas teria que esperar até o dia seguinte.

...

Ainda com a voz do diretor reverberando em sua cabeça, Vanessa tomou o metrô em Botafogo e rumou para Ipanema.

"Hernando Tordesilhas foi assassinado!", dissera ele.

Iasmin nunca tocara no assunto com ela. E teria tocado se soubesse a verdade, pois Vanessa era sua confidente e a pessoa em quem mais confiava. Talvez para poupar a filha, Coralina tivesse decidido manter o segredo. Assassinato era algo muito chocante e Iasmin poderia sofrer um colapso ao saber o que, de fato, pusera fim à vida do pai. Em algum momento, porém, alguém teria de lhe contar a verdade, antes que ela soubesse de outra forma.

A voz feminina no alto-falante do vagão anunciou a chegada à estação Nossa Senhora da Paz do metrô. Instantes depois, as portas se abriram e Vanessa saltou. Ela subiu uma sequência de escadas rolantes e se viu no coração de Ipanema, no ponto em que a Rua Visconde de Pirajá, a principal artéria comercial do bairro, encontrava o verdor da Praça Nossa Senhora da Paz, uma ampla área retangular ajardinada e arborizada, rodeada por lojas de grife, cafés, galerias e edifícios elegantes. Vanessa caminhou dois quarteirões até quase a esquina com a praia, onde ficava o prédio em que Rita morava com a família.

Vanessa optara por procurar Rita, em vez de Kahena, pois sabia que os pais de Rita tinham empregos que os mantinham longe de casa até a noite, enquanto a mãe de Kahena não trabalhava fora. Do mesmo modo, Kahena mantinha uma rotina mais movimentada, fazia cursos e esportes à tarde, enquanto Rita era mais caseira e gostava de gastar seu tempo assistindo a filmes, lendo ou navegando nas redes sociais.

Ela identificou-se ao porteiro pelo interfone, apresentando-se como Kahena, amiga de Rita, do apartamento 1001. O porteiro comunicou-se com o apartamento e a entrada foi autorizada. Só depois que tomou o elevador, Vanessa deu-se conta de como o seu plano era frágil, pois Kahena podia estar, naquele momento, conversando com Rita pelo celular ou, o que era pior, havia o risco de as duas estarem juntas no apartamento.

No entanto, ao abrir a porta do elevador no décimo andar e ver a expressão de choque de Rita, ela tranquilizou-se ao constatar que fizera a coisa certa.

– O que você está fazendo aqui, sua impostora? – questionou Rita, com as mãos na cintura. – Por que inventou que era a Kahena?

– Se eu dissesse que era eu, você não me deixaria subir.

– Claro que não deixaria.

– Não vai me convidar para entrar?

– Não. Fala daí mesmo!

E ficaram as duas de pé no *hall* de mármore que precedia o apartamento. Rita encostou a porta para não permitir que Vanessa visse qualquer coisa lá dentro.

– Você veio fazer o que aqui? – perguntou ela, intimidadora – Me assaltar?

Vanessa respondeu, com ironia:

– Ao contrário de você, eu não sou uma criminosa.

– Está insinuando o quê?

– Iasmin.

Rita permaneceu imóvel. Sua expressão era de estranhamento.

– O que tem aquela sua amiga esquisita?

– Exceto o fato de ela vir sendo ameaçada por você e sua turma há anos e agora ela ter desaparecido? Você é que deve saber.

Rita contraiu os lábios.

– Não sei se eu entendi a insinuação. Você acha que eu tenho alguma coisa a ver com o desaparecimento dela?

– Pelo visto, você entendeu muito bem.

– E o que te levou a pensar isso?

– Você e a Kahena vêm infernizando a vida da Iasmin há anos.

Rita deu de ombros.

– E daí? Ela é que é sensível demais.

Vanessa olhou demoradamente para Rita e fez uma pergunta que estava atravessada na sua garganta havia anos.

– Por que vocês maltratam tanto a Iasmin?
– Nós nunca a maltratamos.
Vanessa olhou-a com deboche.
– Deixa de bancar a sonsa...
– Não estou sendo sonsa. Nós não fazemos nada de errado. Problema dela se tem a autoestima baixa e fica ofendidinha por qualquer coisa.
– O que vocês ganham humilhando uma pessoa que nunca fez mal a vocês? Colocar os outros para baixo é a forma que você, a Kahena e as outras cobrinhas encontram de se sentir bem consigo mesmas?
O rosto de Rita se contraiu de raiva.
– Eu não preciso disso.
– Se fosse uma pessoa segura, que está realmente por cima, não precisaria mesmo. Mas é só olhar para você, que a gente vê que não é o caso.

Era visível que Rita estava se segurando para não voar no pescoço de Vanessa. Ela não tinha argumentos para rebater aquelas acusações, pois sabia que eram todas verdadeiras.

Sentindo-se no controle da situação, já que as tentativas de intimidação de Rita não funcionavam mesmo com ela, Vanessa entrou no assunto que lhe interessava:

– Vai me dizer onde a Iasmin está ou não?
– Eu não sei se você enlouqueceu de vez ou se está só se fazendo de doida, mas eu não sei do que você está falando.

– Vamos ter que ir à polícia para esclarecer isso?

Rita tentava se manter firme, mas Vanessa notou que ela estremecera ligeiramente ao ouvir a menção à polícia.

– Você e a Kahena sabem onde a Iasmin está. Do contrário não teriam dito com tanta convicção que ela não viajou.

Rita começou a rir. Aquela risada de hiena desarranjada que deixava até as paredes da escola incomodadas.

– E por que você inventou que a Iasminzinha tinha viajado? – ela perguntou, por fim.

– Isso não é da sua conta e não vem ao caso agora. Apenas me diga o que vocês fizeram com ela. Se não disser para mim, vai ter que dizer à polícia. O que você prefere?

Rita soltou o ar dos pulmões, suavizando a expressão.

– Nós não fizemos nada com ela.

Pela primeira vez, Rita parecia falar sério. Vanessa perguntou:

– Então, como sabiam que ela não estava viajando?

– Nós a vimos na segunda à noite, perto do bar que a gente frequenta.

– O Nacional?

– É.

Aquilo não fazia sentido. Iasmin não era de sair à noite, ainda mais para aqueles lados.

– À noite a que horas?
– Tarde. Umas 9 da noite.
– Estava sozinha?
– Até onde a gente pôde ver, sim.

Vanessa ficou olhando para ela:

– Você não está inventando tudo isso, está?
– Claro que não. Eu, a Kahena e uma galera estávamos no bar e vimos a Iasmin aparecer sozinha. Ela reconheceu a gente e saiu correndo pela Rua Ipu.
– A Ipu é uma rua sem saída. Você tem certeza de que a Iasmin não voltou depois?
– Pode até ter voltado, mas a gente não a viu mais.

Rita era uma cobra, do contrário não teria sido apelidada de "Rita Ofídia", mas Vanessa estava inclinada a acreditar nela.

O que ela não entendia era o que Iasmin fora fazer na Rua Ipu sozinha às 9 da noite. Teria relação com as tais mensagens enviadas do celular de Vanessa? Estava bem claro que Iasmin fora atraída para uma armadilha. Mas se Rita estava dizendo a verdade, quem estaria por trás daquilo e por quê?

UMA CASA NA CENA DO CRIME

DE VOLTA A BOTAFOGO, Vanessa encontrou-se com Alexandre no café de uma livraria próxima ao metrô.

Sentaram-se no mezanino e pediram sucos. Vanessa falou da visita a Rita e Alexandre quase caiu da cadeira:

— Caramba, como você é corajosa. Eu teria medo de me meter na caverna da serpente.

— Não tem nenhum perigo. Pessoas como ela só são valentes quando estão em grupo.

— Ela falou alguma coisa sobre a Iasmin?

— Falou.

Vanessa, então, repassou a Alexandre o que Rita lhe contara, preocupando-se em não omitir nenhum detalhe. Alexandre recostou-se na cadeira e cruzou os braços, meditativo.

— A Rita tem certeza de que era mesmo a Iasmin?

— Não acho que ela se enganaria a esse ponto.

— Se ela estiver certa, a Rua Ipu foi o último lugar em que a Iasmin foi vista. Talvez devêssemos dar um pulo até lá.

Vanessa conferiu as horas.

– Não acha que está um pouco tarde?

– São 15 minutinhos de caminhada até lá. Não acho que isso seja um grande problema.

Eles saíram da livraria instantes depois. Vanessa duvidava que encontrariam alguma pista de Iasmin com uma simples visita à rua onde ela supostamente estivera na segunda à noite, mas era preferível ir lá a ficar parada, sentindo-se impotente. Os dois caminharam em linha reta pela Rua Voluntários da Pátria, tomada pelo *rush* frenético de fim de tarde, driblando os muitos pedestres apressados que disputavam espaço nas calçadas e, mais adiante, dobraram à esquerda na Rua Real Grandeza, logo alcançando o discreto cruzamento com a Rua Ipu. Havia poucas mesas ocupadas no Café-Bar Nacional, na esquina, e uma rápida espiada para dentro bastou para ver que Rita e Kahena não estavam reunidas lá.

Vanessa, parada diante do Nacional, tentou reconstituir mentalmente os prováveis passos de Iasmin.

– Se Kahena e Rita viram Iasmin, elas deviam estar sentadas junto à janela do bar. Correto?

– Correto – concordou Alexandre.

Vanessa pensou um pouco mais. Se tivesse descido a Real Grandeza vindo da Voluntários da Pátria, como ela e Alexandre acabaram de fazer, Iasmin chegaria à Rua Ipu de costas para as mesas do Nacional.

Para que Rita a reconhecesse, seria preciso que Iasmin viesse caminhando no sentido oposto. Parecia um dado totalmente irrelevante, mas talvez não fosse. O prédio onde Iasmin morava ficava do outro lado, próximo à livraria onde eles estavam há pouco, e ela não era de ficar perambulando pela rua. O normal seria ela ter vindo diretamente de casa, a não ser que, antes de vir à Rua Ipu, ela tivesse sido levada a passar em algum outro lugar. Mas qual?

Vanessa relatou seu raciocínio para Alexandre, que desdenhou:

– Você está fazendo malabarismos na sua cabeça para tentar encontrar uma pista. A Iasmin deve ter tomado um ônibus perto de casa, desceu no ponto que fica ali mais à frente e veio caminhando de lá até aqui.

Vanessa respirou fundo. O primo estava certo. Na tentativa desesperada de encontrar respostas, ela estava vendo coisas.

Ela deitou o olhar pela Rua Ipu, perguntando-se se Iasmin ainda estaria ali, aprisionada atrás de alguma daquelas fachadas, quando levou um susto: ninguém menos do que o diretor Lourival Junqueira acabara de surgir na calçada da Rua Real Grandeza, caminhando na direção oposta àquela de que eles tinham vindo. A impressão era de que ele seguiria em frente, mas, ao chegar à esquina, dobrou repentinamente na Rua Ipu sem olhar para os lados e, mais adiante, usou uma chave para abrir a porta que dava acesso ao terreno em torno do qual se erguia um bonito casarão de dois andares.

– Que casa é aquela? – perguntou Alexandre.

– Vamos descobrir.

Vanessa, então, sacou seu celular do bolso da calça e fez uma pesquisa com base na numeração da casa. Não foi difícil descobrir que ela pertencia a Junqueira.

• • •

A dra. Delta caminhou pela Rua 19 de Fevereiro, localizando o prédio modesto de quatro andares, construído na década de 1940. Ficou espreitando as imediações, até ver um morador aparecer próximo à entrada.

Na mesma hora, ela pôs-se a caminhar com ar despretensioso e alcançou a porta no momento em que o homem saía para a rua. A dra. Delta nem precisou ser simpática com ele, pois o morador afastou-se sem se dar conta de que ela tinha segurado a porta antes que ela se fechasse e, com isso, conseguido entrar. O prédio não tinha zelador, nem elevador e a portaria se limitava a uma porta estreita que ia dar num vestíbulo austero e parcamente iluminado.

A dra. Delta subiu dois lances de escada e, ao chegar ao apartamento 06, abriu a porta sem dificuldade utilizando uma gazua. O apartamento estava vazio, conforme ela previra. Tinha dois quartos e foi fácil reconhecer o de Iasmin. Era o estereótipo do quarto de menina, com móveis brancos, colcha e almofadas floridas e cortinas de renda com babados.

Nas prateleiras, livros misturavam-se com bonecas que hoje serviam apenas de enfeite.

A dra. Delta respirou fundo e iniciou sua busca.

A APRESENTAÇÃO DO TRABALHO

NA QUINTA-FEIRA, o desaparecimento de Iasmin chegou ao terceiro dia. Sem a presença dela, Vanessa e Alexandre apresentaram sozinhos o trabalho sobre música popular durante a aula de Arte.

No dia anterior, os dois não se demoraram na Rua Ipu e uma das razões era justamente o trabalho, que precisava ser concluído. A vontade deles, no entanto, era entrar à força na casa do diretor e vasculhar todos os cômodos em busca de Iasmin. Eles quase fizeram isso, mas pararam a tempo, ao concluir, com razão, que seria muito arriscado invadir o imóvel sem retaguarda. Afora o fato de que, se Junqueira fosse inocente e Iasmin não estivesse na casa, eles arranjariam um baita problema na escola. Junqueira era um homem educado e apaziguador, mas poderia considerar a desconfiança deles uma afronta. E o que os dois menos precisavam no IESS era de mais um inimigo.

A apresentação durou penosos 18 minutos. Vanessa e Alexandre detestavam falar em público e ficaram incomodados em ser o centro das atenções, sobretudo de Rita, Kahena e suas seguidoras, que fizeram questão de encará-los o tempo todo com sorrisos debochados e expressões de menosprezo, com o evidente propósito de desestabilizá-los. No entanto, Vanessa e Alexandre, antecipando a situação, tinham combinado de olhar o mínimo possível para elas e centrar sua atenção na ala mais amigável da turma e na professora, que simpatizava bastante com os dois e a todo o momento balançava a cabeça, encorajando-os.

Vanessa e Alexandre passearam por diversos ritmos musicais, discorrendo com naturalidade sobre o choro e o *jazz*, surgidos no final do século XIX, respectivamente no Brasil e nos Estados Unidos, e traçando um painel da evolução da música popular ao longo dos séculos XX e XXI. O tema era rico e renderia pelo menos mais cinco apresentações como aquela, dada a riqueza de ritmos e gêneros e a extensa galeria de grandes compositores e intérpretes dentro e fora do Brasil, mas o tempo era limitado e, quando tudo terminou, Vanessa percebeu que eles abordaram menos de 10% de toda a pesquisa realizada. Mas isso bastou para que recebessem a nota máxima, proferida ali mesmo pela professora, que se levantou para aplaudi-los entusiasmada, para a decepção de Rita e Kahena, que engoliram os sorrisinhos de hiena e se encolheram contrariadas em suas carteiras.

Embora aliviados e satisfeitos com o resultado, Vanessa e Alexandre não estavam totalmente felizes. Iasmin empenhou-se muito naquele trabalho, debruçando-se sobre enciclopédias e *sites* e ouvindo incansavelmente pilhas de LPs e CDs antigos dos acervos dos pais dela e de Vanessa. Sem Iasmin, o trabalho não teria avançado tanto e era frustrante ela não estar com eles na hora de receber a recompensa por todas as semanas de esforço.

Quando estavam saindo da sala, Vanessa e Alexandre receberam, pelo inspetor, um recado do diretor Junqueira, pedindo-lhes que fossem até o seu gabinete.

Eles entraram, ressabiados, mas Junqueira estava com o semblante sereno de sempre. Ele esperou os dois se sentarem e disse:

– Tenho novidades. O segurança de um prédio na rua em que eu moro me disse que testemunhou um incidente estranho na noite de segunda. Uma menina com um celular na mão foi levada por um carro prateado, que arrancou em alta velocidade. Ele não teve tempo de anotar a placa, mas a descrição da garota bate com a de Iasmin Tordesilhas.

Vanessa se desarmou na hora. O diretor tinha falado com tanta franqueza que as desconfianças que ela tinha sobre ele viraram fumaça num piscar de olhos.

Mesmo assim, ela se fez de desentendida e perguntou:

– Em qual rua o senhor mora?

– Numa ruazinha sem saída, transversal à Real Grandeza, chamada Ipu.

Ela aproveitou a deixa e contou o que Rita lhe dissera. Junqueira sorriu, parecendo confiante.

– Então, era ela mesma. Já temos uma pista. Liguei para a dona Coralina e ela me disse que já deu parte à polícia. Vou à delegacia daqui a pouco para passar essas informações e solicitar que eles consigam as imagens das câmeras de segurança dos prédios e da prefeitura para sabermos para onde esse carro foi.

O coração de Vanessa se encheu de esperança. Com sorte, ainda hoje encontrariam Iasmin.

Ao mesmo tempo, ela e Alexandre pareceram arrependidos de ter desconfiado de Junqueira. Ele era conhecido por sua generosidade e simpatia. Por que razão faria mal a uma garota como Iasmin?

– Fiz questão de lhes contar isso o quanto antes – declarou ele, com entusiasmo. – Não percamos a fé. Iasmin será encontrada logo.

– Obrigada, diretor – disse ela. – O senhor pode nos ligar assim que tiver notícias. Ou se precisar da nossa ajuda.

• • •

A dra. Delta estava irritada. Muito irritada.

Perdera mais de uma hora no dia anterior, no apartamento de Iasmin Tordesilhas, à cata de uma sacola verde de tecido, que não estava em lugar algum. Nem no quarto dela, nem no de Coralina, nem em nenhuma outra parte.

Ou a informação que recebera era falsa, ou alguém chegara antes dela.

Iasmin não era a única com acesso àquele material. Os amigos dela, Vanessa e Alexandre, provavelmente também tiveram contato com ele. Talvez um dos dois estivesse com a sacola, sem fazer ideia da verdadeira bomba que ela guardava.

A dra. Delta decidiu pôr em prática o seu plano B. Sentada à sua mesa preferida na cafeteria vizinha ao metrô, ela buscou um número no celular e fez uma chamada.

A pessoa do outro lado atendeu ao segundo toque.

— Preciso de uma autorização sua para usar o telefone que está comigo.

LIGAÇÕES PARA ALEXANDRE

– QUE CARAS SÃO ESSAS?! Parece que estão chegando de um funeral...

A pergunta foi feita por Wagner ao ver Vanessa e Alexandre entrando no Garfo Mix para almoçar. Os dois deviam estar muito abatidos, pois Wagner não era de se espantar com facilidade.

Os dois primos se serviram no bufê e sentaram para comer. Wagner juntou-se a eles na mesa:

– O que houve? O Brasil perdeu a Copa?

– Que Copa, tio Wagner? – ralhou Vanessa. – É a Iasmin. Ela continua desaparecida.

Wagner ficou sério. Levou as mãos à cabeça e exclamou:

– Deus do céu... O que será que aconteceu com essa menina? A Coralina deve estar desesperada...

– Imagino que sim – disse Alexandre. – Não estivemos mais com ela depois da reunião na direção do colégio.

Wagner balançou a cabeça, consternado:

— Coitada da Iasmin... Ela já sofreu tanto e agora isso.

Vanessa terminou de mastigar um pedaço de pastel – bem borrachudo, por sinal – e perguntou:

— É verdade que o pai dela foi assassinado?

A pergunta pegou Wagner de surpresa.

— Quem te contou isso?

— É verdade ou não é?

Wagner deu um suspiro.

— É, sim. O Hernando foi encontrado morto na cozinha da cafeteria dele. Alguém lhe cortara um dos pulsos.

— A Iasmin fala que a cafeteria era muito boa...

— Muito. Muito boa mesmo. Chamava-se Angelim – Café e Bistrô. O nome era por causa dos lambris e dos balcões que eram todos feitos de angelim. Ela ficava quase aqui em frente, onde hoje funciona uma lavanderia. Eu já tinha este restaurante e o Hernando veio me procurar, por indicação do seu pai, Vanessa, para pedir dicas de fornecedores. Eu o ajudei no que pude e ficamos amigos. Foi quando conheci a Iasmin. Ela era pequenininha – Wagner fez um gesto com a palma da mão para baixo e falou carinhosamente. – Devia ter uns dois aninhos, no máximo.

— E por que ele foi morto? – quis saber Alexandre.

Wagner comprimiu os lábios, pensativo.

— Até hoje, não se sabe ao certo. A polícia concluiu que foi um assalto, mas há quem pense que o motivo teve a ver com uma batida que a vigilância sanitária fez na cafeteria. Segundo os fiscais, havia maionese estragada sendo servida, mas eu duvido muito. Hernando era muito correto e cuidava pessoalmente do seu estoque. Com certeza, esses fiscais inventaram essa patacoada para tentar tirar dinheiro dele. Hernando pode ter ameaçado denunciar esses fiscais e ter sido silenciado antes que abrisse a boca.

– Uma queima de arquivo?

– Exatamente. O Hernando ficou muito abalado. O caso repercutiu e manchou a reputação da cafeteria. Conversamos bastante na época. Ele estava determinado a descobrir quem tinha causado aquilo. Tinha certeza de que os fiscais agiram com o objetivo de prejudicá-lo e iria até o fim para encontrar a verdade. Foi um susto quando eu soube da morte dele. Fiz o que pude para ajudar a família. Coralina e Iasmin passaram a comer aqui de graça todos os dias e consegui com o Junqueira uma bolsa para a menina estudar no IESS.

– A Iasmin sabe que o pai foi assassinado?

– Acho que não. O caso foi mantido em sigilo na época e nunca mais se falou nisso. A Coralina ainda deve estar esperando o momento certo para contar. Então, na dúvida, não comentem nada com a Iasmin quando ela voltar, OK?

Um garçom acenou para Wagner, que pediu licença para ver o que ele queria. Vanessa e Alexandre terminaram de comer em silêncio. Quando iam se levantar, o celular de Alexandre tocou. Vanessa reparou no visor, em que aparecia uma sequência de números que pareceu familiar, à primeira vista. Ele atendeu, intrigado, mas, aparentemente, a pessoa do outro lado desligou no momento seguinte e Alexandre tornou a guardar o aparelho no bolso da calça.

– Deve ser algum *telemarketing* – desconversou ele. – De uns tempos para cá, deram para me ligar direto.

Vanessa também vinha percebendo isso. Sete em cada dez ligações que recebia eram de empresas tentando vender algum serviço. Ela bloqueava todos esses números inconvenientes e desconfiava que seu celular já tinha mais números bloqueados do que na lista de contatos. A maioria dos amigos se comunicava por mensagens de texto ou de voz. Ligações até aconteciam, mas eram pouco frequentes.

Eles estavam saindo, quando o celular de Alexandre tocou de novo. A mesma sequência de números. Desta vez, ele nem teve tempo de atender, pois a ligação foi encerrada antes.

– Bloqueia esse número – falou Vanessa. – Deve ser um *telemarketing* chato querendo vender algum serviço de que você não precisa.

– E se for importante? Melhor esperar um pouco.

Vanessa deu de ombros. Aquele era o menor dos problemas deles. Se é que chegava a ser um problema. Eles despediram-se na porta do restaurante, cada um seguiu para sua casa e prometeram se falar ao longo da tarde. Ao atravessar a rua, Vanessa olhou casualmente para o lado, na direção dos carros que iam parando na faixa diante do semáforo que acabara de ficar vermelho, e avistou Alexandre. Ele lia alguma coisa no celular.

DE VOLTA À RUA IPU

VANESSA LEMBRAVA-SE MUITO POUCO de Hernando Tordesilhas. Ela era muito pequena quando ele morreu. A imagem mais vívida dele que guardava na memória era de um almoço em casa, quando, acompanhado de Coralina e Iasmin, Hernando lhe trouxe um carro de bombeiro de presente. Tinha sido aniversário dela uns dias antes e ele justificou o presente dizendo aos pais de Vanessa:

– Temos que acabar com essa lenga-lenga antiquada de que carro é presente de menino. As mulheres dirigem muito bem. E é bom os meninos receberem bonecas, pois assim aprendem a cuidar dos filhos que terão no futuro.

Vanessa adorou o carro de bombeiro. Mais tarde, passando por uma loja de brinquedos, viu um quartel de bombeiros completo à venda, com direito a dois caminhões, um carro e um helicóptero. Ela ficou deslumbrada, mas o brinquedo era muito caro e os pais disseram que comprariam numa outra oportunidade, que nunca veio. Até hoje, Vanessa gostava de passar em frente aos quartéis e apreciar aqueles caminhões enormes, parados sob as estruturas vermelhas, à espera de algum chamamento. Aquele interesse, ela reconhecia, era oriundo da infância. Uma contribuição de Hernando Tordesilhas à sua existência.

Era meio difícil acreditar que aquele homem tão cheio de vida tivesse sido assassinado.

Vanessa estava a ponto de dobrar a esquina para entrar na Rua Dona Mariana, onde morava, quando, de repente, decidiu seguir em frente e voltar à Rua Ipu. Não sabia o que encontraria. Esperava que o diretor Junqueira não a visse por ali e pensasse que ela estava desconfiando dele.

Foi quando uma ideia incômoda lhe ocorreu.

Hoje, mais cedo, o diretor os havia chamado ao seu gabinete, apressando-se a lhes esclarecer que morava na Rua Ipu. Isso menos de 24 horas depois de ela e Alexandre quase terem cruzado com ele lá. E se Junqueira os vira e decidira dar explicações, valendo-se da sua simpatia, só para desviar a atenção dos dois e retirar-se, assim, de uma hipotética lista de suspeitos?

Melhor não pensar nisso ainda. Por ora, Junqueira era inocente. Mas que era uma tremenda coincidência ele morar na mesma rua onde Iasmin fora vista pela última vez, lá isso era. E não foi o próprio Junqueira quem disse que "coincidências, assim, não costumam acontecer, ainda mais quando há o desaparecimento de uma jovem no meio"?

A caminhada de Vanessa pelas ruas de Botafogo até a Rua Ipu levou pouco mais de dez minutos. Aparentemente, aquela parte do bairro vivia mais uma tarde de absoluta normalidade. A Rua Real Grandeza estava, como sempre acontecia àquele horário, absolutamente congestionada, só apresentando melhoras após o cruzamento com a Mena Barreto e fluindo de vez na altura do Cemitério de São João Batista para os automóveis que seguiam para Copacabana. Nas calçadas ao longo da rua, os pedestres circulavam devagar e pareciam reduzir ainda mais a velocidade nos trechos mais estreitos, onde só passava uma pessoa de cada vez. Vendedores entediados perambulavam por lojas vazias à espera de clientes, que, quando apareciam, diziam que estavam apenas "dando uma olhadinha". Os bares e botequins das redondezas encontravam-se cheios, mas Rita e Kahena não ocupavam seus postos no Nacional, talvez porque ainda fosse de tarde.

Vanessa alcançou a Rua Ipu e entrou nela. Era um choque deixar a Real Grandeza congestionada e ruidosa para penetrar numa rua pacata, verde, silenciosa, sem nenhum carro em movimento naquele momento. A impressão era a de estar saindo da metrópole por um portal mágico que dava acesso imediato a uma aprazível cidade interiorana. Ela passou pela casa do diretor Junqueira, cujas janelas achavam-se inteiramente fechadas, como se não tivesse vida quando seu proprietário se ausentava.

Vanessa avistou, mais adiante, uma cancela que guardava a porção final da rua, onde ela encontrava um muro. Um guarda fardado acabava de levantar a cancela para um carro passar e Vanessa foi até ele:

– Boa tarde, o senhor tem um minuto?

O homem olhou-a meio desconfiado e emitiu um grunhido incompreensível em resposta.

– Uma amiga minha esteve aqui na segunda à noite e desapareceu – explicou Vanessa. – Alguém disse tê-la visto ser levada para um carro. Você sabe de alguma coisa sobre isso?

O homem terminou de baixar a cancela e, sem olhar para Vanessa, respondeu:

– Ela era sua amiga?

– Ela *é* minha amiga – incomodava a Vanessa referir-se a Iasmin no passado. – O senhor sabe de alguma coisa?

– Fui eu que vi a menina entrar no carro.

Vanessa se revoltou:

– O senhor viu e não fez nada?

– Por que eu faria?

– Como por quê? Ela estava sendo sequestrada...

– Tem certeza? Porque não foi o que pareceu. Eu vi bem. O carro parou, a porta abriu e ela entrou numa boa.

A revolta de Vanessa esmoreceu um pouco.

– Entrou numa boa...?

– Sim. Ela estava meio tensa antes. Quando o carro chegou, acho até que ela ficou aliviada. Como se alguém tivesse vindo salvá-la de algum perigo.

ALGO SAÍRA ERRADO

SENTADA NO SEU "QG" – a cafeteria de esquina perto do metrô –, a dra. Delta quase não tocara no *cappuccino* à sua frente. Sua atenção estava totalmente voltada para o telefone. Os pés não paravam quietos sob a cadeira, tamanho era o nervosismo. Algo parecia ter saído terrivelmente errado.

Seria um blefe? Estaria ela atrás de algo que sequer existia?

Não, isso não era possível. A sacola existia, sim, e o que havia dentro dela também. Mas onde teria ido parar?

O celular vibrou sobre a mesa. A dra. Delta atendeu.

– Por que isso está demorando tanto? – berrou a voz do outro lado. – Onde você está?

Um suor nervoso pingou do couro cabeludo e escorreu pela testa da dra. Delta. Ela tinha de dar uma satisfação àquela voz.

– Aconteceu um pequeno imprevisto – respondeu ela, a voz sob controle. – Mas já estou resolvendo. Ainda hoje dou notícias.

• • •

Enquanto voltava para casa, ainda pensando no que ouvira do guarda na Rua Ipu, Vanessa tentou falar com Alexandre, mas o telefone dele chamou até a ligação cair. Mandou, então, uma mensagem de texto pedindo a ele que se comunicasse com ela urgentemente.

Vanessa entrou no prédio, cumprimentou o zelador e tomou o elevador. Mal pôs os pés no apartamento, Nair assomou à sala, com o semblante apreensivo.

– Por que demorou tanto, Vanessa? Onde você estava?

Vanessa achou estranha aquela aflição da mãe. Ela não era de se preocupar assim, desde que Vanessa tinha uns 12 anos.

– Fui dar uma volta – desconversou ela. – Por que não me ligou?

– Te ligar de que jeito, menina? Você não perdeu o celular?

Vanessa tinha quase certeza de que dissera à mãe que encontrara o celular na mochila. Será que a memória de Nair andava falhando? Ou seria a dela própria?

Seja como for, isso a fez, imediatamente, lembrar-se de que havia se esquecido completamente desse incidente. Alguém apanhara o celular e ele reaparecera misteriosamente na mochila dela após uma manhã de aula. Esse dado era importantíssimo para se localizar o suspeito de ter levado Iasmin e reforçava a tese de que ele estava mesmo dentro da escola.

Vanessa contou novamente à mãe que encontrara o celular, sem dar maiores detalhes e perguntou:

– Você agora pode me dizer por que está tão aflita?

– O Alexandre esteve aqui. Saiu não tem nem 20 minutos.

– E daí?

– Achei ele tão esquisito, minha filha. Parecia meio nervoso. Ele disse que tinha esquecido um material de estudo com você e perguntou se podia procurar no seu quarto. Eu disse que sim, né? É meu sobrinho e o conheço desde que nasceu. Mas fiquei com uma pulga atrás da orelha. Ele ficou um tempão lá dentro e saiu sem se despedir. Aí fui até o seu quarto dar uma olhada e encontrei uma das portas do armário aberta. Ele mexeu lá dentro. Não só naquela porta. No armário inteiro.

Vanessa franziu a testa.

– Tem certeza, mãe? O Alexandre?

– Sim, o Alexandre. E é claro que eu tenho certeza. Acha que eu fiquei biruta?

Vanessa sentiu uma súbita inquietação. Não se lembrava de estar com nenhum material de estudo de Alexandre. E, mesmo se estivesse, ele teria lhe pedido em vez de invadir seu quarto furtivamente.

Fazia menos de uma hora que os dois tinham se despediram na porta do restaurante de Wagner. Por que ele viera até a sua casa sem lhe falar nada?

Mas Vanessa não queria assustar a mãe e fingiu não se importar:

– Acho que era um caderno que fiquei de emprestar a ele e acabei esquecendo. Espero que tenha encontrado.

– Mas ele precisava revirar o seu armário?

– Precisava – Vanessa queria encerrar logo aquele bate-boca. – É para uma prova e o Alexandre está meio que surtando com a matéria. Pode ficar tranquila, OK?

Vanessa foi até o quarto. A mãe não só estava certa como tinha sido econômica na sua descrição. O quarto não estava apenas revirado. Estava MUITO revirado. Se não visse com seus próprios olhos, não teria acreditado.

Ela ligou para Alexandre na mesma hora, mas a ligação caiu na caixa de mensagens. Decidiu mandar uma mensagem, mas viu que a que enviara há pouco não tinha sequer sido lida.

Vanessa lembrou-se do celular perdido, de como ele reaparecera na mochila, do depoimento do guarda da Rua Ipu afirmando que Iasmin entrara numa boa no carro prateado. Alguém que ela conhecia e em quem confiava estava naquele carro.

Iasmin confiava em Alexandre.

Vanessa também, tanto que, em todo o colégio, ele era o único ser vivo que teria livre acesso à sua mochila, inclusive para colocar insuspeitamente um celular lá dentro.

Vanessa precisava encontrar Alexandre. Ele sabia onde Iasmin estava e Vanessa o obrigaria a levá-la até lá.

FUGA PARA MINAS

À NOITE, AINDA SEM NOTÍCIAS de Alexandre, Vanessa decidiu procurá-lo na casa dele.

Ela saiu de casa e caminhou pela Rua Voluntários da Pátria até a estação do metrô. Passou pela catraca, desceu o último lance de escadas e tomou a composição que seguia em direção à Tijuca. Saltou na Estação Catete, subiu até a saída em frente ao Museu da República e virou à esquerda na Rua Ferreira Viana. Num prédio com pilotis modernistas na entrada, bem no miolo do quarteirão, a meio caminho entre a Rua do Catete e a Praia do Flamengo, Alexandre vivia com os pais. A irmã mais velha tinha se casado jovem com um comerciante de Minas e vivia atualmente em Juiz de Fora com sua nova família. Aos 15 anos, Alexandre já era tio.

Vanessa fez uma chamada pelo interfone diretamente para o apartamento do primo. Uma voz feminina atendeu.

– Oi, tia Glória. É a Vanessa. O Alexandre está?

Vanessa ouviu um zumbido na porta, indicando que ela acabara de ser liberada. Vanessa subiu até o nono andar e foi recebida pela tia.

– Oi, querida. Por que não avisou que viria? Eu teria preparado alguma coisa.

Vanessa tentou ser cordial, mas estava muito nervosa.

– Eu vim ver o Alexandre. Ele está?

– O Alexandre? Ele não te falou nada?

Vanessa percebeu o desânimo aumentar antes de a tia completar a frase.

– O Alexandre viajou. Foi ver a irmã e os sobrinhos em Juiz de Fora. Só volta na semana que vem.

Vanessa começava a se sentir no meio de um daqueles filmes surrealistas, em que nada tem nexo.

– Ele não te disse mesmo nada? – insistiu a tia.

– Não. Ele não atende o celular e eu queria perguntar o que ele foi fazer na minha casa agora à tarde. Minha mãe disse que ele apareceu lá de repente e foi embora depois de virar meu quarto de pernas para o ar.

Vanessa jurava ter percebido uma tensão no rosto da tia.

– A senhora sabe de alguma coisa?

– A mim ele não contou nada. Ele estava com essa ida a Juiz de Fora marcada desde a semana passada. Vocês são tão amigos, fico surpresa de ele não ter comentado nada sobre a viagem.

– Mais do que falar sobre essa viagem, eu queria que ele tivesse me contado que iria à minha casa remexer nas minhas coisas.

Fez-se um silêncio constrangedor. A tia falou:

– Não sei o que pode tê-lo motivado. Prometo que pergunto assim que ele me ligar.

– Por que ele não atende o celular?

– Ele foi de ônibus e você sabe como a nossa telefonia é precária nas estradas. Com certeza, ele deve estar passando por algum trecho sem sinal de celular.

Vanessa ficou ponderando se valia a pena continuar com aquela conversa. Glória estava claramente acobertando o filho, ainda que não soubesse o que ele andava aprontando.

Ela reuniu coragem e fez uma última pergunta:

– A senhora jura para mim que essa viagem dele já estava marcada antes? Que não foi planejada de última hora?

– Claro, querida. Por que eu mentiria sobre uma coisa dessas? Eu mesma, de vez em quando, vou visitar minha filha e meus netos. Estou acostumada a só conseguir falar ao celular quando estou quase chegando a Juiz de Fora. Os celulares, realmente, não funcionam direito nessas estradas, sei lá por quê.

Nada mais sairia dali, pensou Vanessa. Ela agradeceu à tia e deixou o prédio mais confusa do que quando chegou.

À distância, um rapaz de camisa azul-clara que a vinha seguindo desde que ela saíra de casa deixou o seu esconderijo atrás de um poste do outro lado da rua e deu continuidade à perseguição, calculando qual o melhor momento de abordá-la.

• • •

Quando Vanessa saiu do apartamento, Glória caminhou até o final do corredor e abriu a última porta, que dava para o seu quarto.

Encontrou Alexandre encolhido num canto, suando frio, aterrorizado.

– Será que, agora, você pode me explicar o que estava acontecendo ou vou ter de continuar mentindo como acabei de fazer com a sua prima?

UMA NOVA TESTEMUNHA

VANESSA TOMOU O METRÔ de volta para Botafogo e, depois de saltar numa das saídas que davam para a Voluntários da Pátria, caminhou alguns quarteirões e dobrou na Rua Dona Mariana. Quase todo mundo à sua volta parecia ter enlouquecido. Era como se tivessem combinado de pregar uma peça nela naquela semana, para deixá-la bem doidinha. As coisas faziam cada vez menos sentido.

Vanessa pensava no que faria a seguir, quando um rapaz esbaforido, vestindo uma camisa azul-clara, aproximou-se dela, no instante em que ela ia entrar no prédio.

– Olá!

Ela retribuiu o cumprimento, mais ressabiada do que assustada com aquela abordagem.

– A gente se conhece?

– Não, mas eu precisava muito falar com você. Vi quando você esteve na Rua Ipu agora à tarde.

Agora ela ficou assustada.

– Você estava me seguindo? De onde me conhece?

O rapaz, contudo, parecia ainda mais assustado do que ela.

– Desculpa, não foi por mal. É que eu não sabia como abordar você.

– Me abordar para quê?

– Eu ouvi você conversando com aquele guarda no final da rua. Olha, eu não sei como te dizer isso, mas estão te pregando uma peça.

O que aquele cara estava dizendo?

– Me pregando uma peça...? Quem é você, afinal?

– Meu nome é João. Eu trabalho como entregador no Café-Bar Nacional. Eu... estava lá na noite de segunda... Quando levaram a sua amiga.

Vanessa ficou calada, enquanto analisava cada traço da fisionomia do rapaz em busca de algum vestígio de fraude. Se bem que ela não era lá grande fisionomista.

– Continue – pediu ela.

– Na noite de segunda, eu saí para fazer uma entrega no final da Ipu. E vi uma garota assustada correndo. Pensei que ela estivesse sendo assaltada. Na mesma hora apareceram duas outras garotas que frequentam o Nacional. Elas chegaram rindo, pegaram a garota assustada e a levaram aos berros para dentro de um carro.

– Duas garotas que frequentam o Nacional? – perguntou Vanessa. – Você se lembra como elas são?

João assentiu e descreveu as duas. Eram Rita e Kahena, sem sombra de dúvida.

– Por que você não ajudou a garota?

– Não deu tempo. Foi tudo muito rápido. E pensei que as três fossem amigas e estivessem fazendo algum tipo de brincadeira. Só hoje, quando ouvi sua conversa com o guarda, é que caí em mim e vi que foi um sequestro.

Vanessa não se lembrava de ter visto João enquanto escutava o relato do guarda na Rua Ipu, mas talvez estivesse tão concentrada na conversa que nem tivesse reparado no que se passava ao redor.

– Era só isso que eu queria te dizer. Desculpe se te assustei. Mas acho que você deve ter cuidado. Para aquele guarda ter mentido é porque recebeu uma grana alta. Acho que existe algum interesse grande envolvido aí.

Dito isso, ele se afastou depressa em direção à Voluntários da Pátria, de onde, com certeza, seguiria para o trabalho no Nacional.

Vanessa sentiu-se momentaneamente tonta com toda aquela torrente de pistas e informações desencontradas, que apontavam para todos os lados e para nenhum ao mesmo tempo. Ela não sabia mais o que pensar, nem em quem confiar e menos ainda que rumo seguir na busca por Iasmin. Só sabia que a amiga continuava desaparecida. E, a cada momento, a possibilidade de encontrá-la bem e viva parecia mais distante.

• • •

A dra. Delta ocupava uma das mesas do Nacional, tomando um café com leite bem mais ou menos, quando João voltou.

Ela apontou seu celular para ele e sorriu:

— Você falou tudo direitinho. Parabéns!

João apalpou seu celular no bolso. O combinado com a dra. Delta foi que só abordasse Vanessa depois que tivesse ligado para ela. Assim, com a ligação em andamento, a dra. Delta ouviria toda a conversa.

— Obrigado. E o meu dinheiro?

A dra. Delta retirou um envelope da bolsa e passou a ele. João contou as notas e sorriu.

— Se a Vanessa te procurar, mantenha o que você disse — ordenou ela.

— Pode deixar.

A dra. Delta deixou uma nota sobre a mesa para pagar o café. Ela foi embora, imaginando que aquela situação estava indo longe demais e sob o sério risco de sair do controle.

Era preciso que o impasse fosse resolvido logo.

ALGUÉM ESTÁ MENTINDO

NA SEXTA-FEIRA, quinto dia do desaparecimento de Iasmin, Alexandre também não foi à aula.

Isso deu a Vanessa espaço para fazer algumas reflexões.

Ela mal se concentrou na aula, enquanto observava Rita e Kahena, sentadas mais à frente, rememorando o que João lhe contara sobre elas terem levado Iasmin. Pensou na invasão de Alexandre ao seu apartamento e sobre o fato de ele, desde então, estar foragido. Lembrou-se da conversa que tivera com Wagner sobre o assassinato do pai de Iasmin. Ficou imaginando se o diretor Junqueira, de algum modo, estava envolvido naquela sujeira e na enorme coincidência que era ele morar na mesma rua em que Iasmin desaparecera.

Quem, afinal, estava falando a verdade e quem estava mentindo? Qual era a resposta certa?

O fato de ela ter encontrado o seu celular perdido na mochila após uma manhã de aula só embaralhava ainda mais o enigma. A rigor, todos os seus suspeitos tiveram acesso à mochila naquela manhã. Alexandre,

Rita e Kahena, que estudavam na mesma sala, e o diretor, que podia muito bem ter ido furtivamente à sua sala durante o intervalo e depositado o celular na mochila sem que ninguém o visse. Ou mesmo mandado alguém fazer isso em seu lugar. Seria um complô de todos contra ela para deixá-la louca? E o maior mistério de todos: por que alguém sequestraria uma garota como Iasmin, cuja família não tinha dinheiro nem para a mensalidade da escola, que dirá para um resgate?

E se João tivesse mentido sobre Rita e Kahena? Se bem que, no caso de ele ter falado a verdade, o mentiroso era o guarda da cancela no final da Rua Ipu. Por que qualquer um dos dois mentiria?

De repente, algumas linhas começaram a querer se juntar.

Era menos provável o guarda ter mentido do que João e por uma razão simples: ela tinha procurado o guarda, enquanto João a seguira premeditadamente. Vanessa devia ter perguntado a ele por que, se viu Iasmin ser levada por Rita e Kahena, não foi à polícia. Por que, em vez disso, esperara dias para vir atrás dela, uma jovem menor de idade, e tentar convencê-la de que as colegas estavam envolvidas no sequestro?

Isso devia ter ficado claro na hora em que ele a abordara. Vanessa agora se culpava por não tê-lo confrontado e pedido a ele que a acompanhasse até uma delegacia a fim de prestar queixa.

E, então, ela teve uma ideia.

Parecia muito claro que João mentira com o intuito de despistá-la. Ele, com certeza, tivera uma motivação, embora Vanessa ainda não fosse capaz de definir qual.

No entanto, o simples fato de ele ter mentido deliberadamente o transformava na brecha de que ela precisava para abalar toda a estrutura do plano.

Vanessa sorriu pela primeira vez em dias. De repente, soube exatamente o que fazer.

• • •

A campainha na casa de Coralina tocou ao meio-dia. Alexandre estava à porta.

– Obrigado por me receber, Coralina.

– Você me assustou ontem à noite – respondeu a mãe de Iasmin, gesticulando para o garoto entrar. – Atravessei a madrugada vasculhando cada canto desse apartamento. Nem consegui ir trabalhar hoje.

As olheiras fundas sob os olhos de Coralina não a deixavam mentir. Ela estava devastada com o desaparecimento da filha e tudo o que queria era encontrá-la. Quando Alexandre lhe telefonou na noite anterior, falando sobre uma sacola de tecido com um objeto que poderia salvar Iasmin do cativeiro, Coralina não pensou duas vezes e esqueceu-se de todo o resto, disposta a demolir com as unhas o prédio inteiro se isso pudesse trazer a filha de volta.

– Encontrou?

Coralina balançou a cabeça negativamente, os olhos vermelhos de angústia.

– Nunca vi essa sacola. Não está em lugar nenhum aqui.

Alexandre esfregou o rosto, angustiado. Não queria entregar os pontos, mas estava ficando difícil.

– Afinal, como você soube da sacola?

Alexandre resolveu falar. Naquela altura dos acontecimentos, isso talvez até tranquilizasse Coralina:

– Recebi uma mensagem da Iasmin ontem à tarde. Ela disse que essa sacola e o que está dentro dela precisam ser entregues a uma pessoa de apelido "Delta". Em seguida, ela seria libertada.

– Mensagem da Iasmin? – Coralina quase chorou de alegria. – Ela está viva, então?

– Parece que sim.

– Mas que objeto é esse que tem na sacola?

– Não sei. E a Iasmin não disse.

– Mande uma mensagem para ela perguntando.

– Mandei várias. Ela nem leu. O sequestrador deve ter dado o celular para ela me mandar essa mensagem. A Iasmin disse que a sacola tinha a ver com o nosso trabalho de História da Arte e que poderia estar na minha casa, na dela ou na da Vanessa. Revirei a minha e a da Vanessa e não encontrei nada.

– E a Vanessa não pode ajudar?

Alexandre retorceu os lábios e, após um breve instante, apanhou seu celular, localizou o trecho final da mensagem enviada por Iasmin e mostrou-a a Coralina.

A mensagem dizia:

"*Pelo amor de Deus*, não conte nada a ninguém, muito menos à Vanessa. *A Vanessa NÃO pode saber de nada. É perigoso!*".

VANESSA CONTRA-ATACA

APÓS ALMOÇAR COM WAGNER no restaurante, Vanessa caminhou até o Café-Bar Nacional. Ao entrar, pediu a um garçom para falar com João.

Instantes depois, o entregador apareceu. Vanessa se surpreendeu por ele não ter inventado que trabalhava ali nem ter se apresentado a ela com um nome falso.

João pareceu desconcertado ao vê-la, como um ator que se perde diante de uma cena que não estava no *script*. Isso deu a Vanessa ainda mais confiança para pôr seu plano em prática.

– Podemos conversar um minutinho?

– Estou trabalhando agora – ele respondeu rispidamente.

– Quando você me procurou na frente do meu prédio, eu te dei atenção. Você não se preocupou em saber se eu estava ocupada ou não.

Vanessa viu medo nos olhos dele. Ela sentia cada vez mais que estava no caminho certo.

– Não vou demorar. Só queria te dizer uma coisa.

João escutava-a congelado, como se Vanessa tivesse vindo pessoalmente prendê-lo por falso testemunho.

– Depois que você conversou comigo – Vanessa falou cuidadosamente toda a história que havia ensaiado –, chequei as gravações das câmeras aqui da rua e descobri que você se enganou.

– Me enganei com o quê?

– As duas garotas que estavam aqui no bar não participaram do sequestro da minha amiga. O guarda do final da Ipu é que me falou a verdade. Então, resolvi ir à polícia e contar o que vocês me disseram. Hoje mesmo, investigadores virão interrogar você e o guarda para saber mais detalhes do que vocês viram.

João empalideceu e, por um segundo, Vanessa pensou que ele desmaiaria.

– Sei que alguém te pagou para mentir – ela falou com sua voz mais fofa, para que ele nem por um segundo desconfiasse que ela estava blefando. – Espero que para a polícia você fale a verdade. Do contrário, você pode até ser preso, sabia?

Vanessa não esperou por uma réplica e saiu do Nacional calmamente, deixando um João transtornado para trás. A polícia, obviamente, não viria. Pelo menos, não agora. O objetivo de Vanessa era desestabilizar o rapaz temporariamente para que ele, motivado pelo nervosismo, fizesse alguma besteira. De preferência, que entrasse em contato com a pessoa que lhe pagara para mentir e dissesse que Vanessa sabia de tudo e que a polícia entraria na investigação. Vanessa aguardaria a nova investida dos bandidos. Desta vez, no entanto, ela estaria alerta para não ser enganada novamente.

• • •

A reação de João foi mais rápida do que Vanessa supôs. Assim que a garota saiu do Café-Bar Nacional, ele correu para o banheiro e fez uma chamada para a dra. Delta.

– Ela sabe de tudo – disse ele, com a voz trêmula.

– Ela quem?

– A Vanessa Almada. Ela disse que sabe que eu menti e que foi à polícia.

– Ela é menor de idade. Não pode ter ido à polícia registrar queixa.

– Ela disse que foi. E que os policiais vêm falar comigo. Eles vão me fazer perguntas e eu sei que vou me enrolar se resolver mentir. Vou ter que falar a verdade, não tem jeito.

– Você tem que falar o que combinamos. É o trato e você foi bem pago para isso.

– Eu devolvo o dinheiro. Mas mentir para a polícia, não vou, não. Não quero ser preso e nesse país a corda sempre arrebenta do lado mais fraco.

A dra. Delta suspirou, impaciente.

– Vou averiguar essa história e te dou notícias. Procure ficar calmo, OK?

A dra. Delta encerrou a ligação ressabiada. Vanessa era menor de idade, mas nada impedia que ela tivesse ido à polícia acompanhada, por exemplo, da mãe de Iasmin. Vanessa não tinha razões para mentir a esse ponto para João.

A casa estava caindo. A sacola verde não tinha sido encontrada e nada indicava que seria tão cedo. Estava na hora de tomar uma medida mais radical.

A dra. Delta fez uma chamada pelo celular. Quando foi atendida, disse:

– Temos um problema sério. Vanessa não caiu na nossa história e parece que procurou a polícia.

MENTIRA TEM PERNA CURTA

ENQUANTO IA PARA CASA, Vanessa tentou falar novamente com Alexandre. A ligação mal chamou e foi direto para a caixa de mensagens. Isso costumava acontecer quando o número para o qual ligava era bloqueado no aparelho de quem recebia. Vanessa se enfureceu ao cogitar a possibilidade de Alexandre ter bloqueado o número dela.

Ela entrou no restaurante de Wagner sentindo muita raiva, a ponto de evitar se dirigir às pessoas com medo de ser grossa. Wagner tinha acabado de receber o pagamento da conta de um cliente, quando viu Vanessa passar na frente dele sem olhar para os lados.

– O que houve? – riu ele. – Veio almoçar de novo?

– Você tem um telefone para me emprestar, tio? Coisa rápida.

Wagner pareceu perceber o humor pesado de Vanessa e passou-lhe o aparelho sem fio do estabelecimento, sem fazer perguntas.

Ela foi até o fundo do restaurante e discou o número de Alexandre. Se ele tinha bloqueado o seu celular, ela descobriria agora.

O telefone tocou normalmente. Sim, o número dela fora mesmo bloqueado e Vanessa sentiu a raiva crescer dentro de si ao constatar isso. Ao terceiro toque, Alexandre atendeu.

– Alô?

– Que história é essa de bloquear meu celular, seu cretino? Isso é coisa que se faça? O que deu em você?

Pausa nervosa.

– Foi mal, Vanessa – disse ele. – Não consigo falar agora. Tchau!

E desligou. Vanessa ficou encarando o aparelho com perplexidade. Repetiu a chamada pelo aparelho do tio, mas a ligação caiu na caixa postal. Pelo visto, Alexandre tinha acabado de bloquear o telefone de Wagner também.

Vanessa não entendia o que estava acontecendo. Será que o primo enlouquecera?

Foi então que uma ideia lhe ocorreu. Tentando soar um pouco mais calma, ela ligou para Nair.

– Oi, mãe. Tudo bem? Preciso de um favor. Você sabe a Beatriz, irmã mais velha do Alexandre?

– Claro. Eu sou a madrinha dela, esqueceu?

Sim, ela tinha esquecido. Se é que soubera disso algum dia.

– Você tem o telefone dela, em Juiz de Fora?

– Por que quer falar com a Beatriz?
– Coisa minha. Você tem ou não tem?
– Claro, né? É minha afilhada, ora bolas! Vou procurar aqui na minha agenda e já te mando uma mensagem com o número. Não esquece que o DDD de Juiz de Fora é 32.

Desligaram. Cerca de um minuto depois, a mensagem de Nair chegou. Vanessa fez a ligação. Uma voz feminina atendeu imediatamente.

– Beatriz? É a Vanessa, filha da Nair e do Sandro. Tudo bem?

– Oi, Vanessa – Beatriz falou alegremente. – Tudo. Como é que você está? Que surpresa boa a sua ligação!

Trocaram aquelas amenidades de sempre. Vanessa perguntou a Beatriz pelos filhos e sobre a vida em Juiz de Fora. Beatriz, por sua vez, falou que tinha saudades dela e dos padrinhos e convidou-os para visitá-la sempre que quisessem.

Terminados esses rapapés, Vanessa foi ao que interessava:

– Encontrei a tia Glória ontem e ela me disse que o Alexandre viajou para aí. Posso falar com ele?

– O Alê, aqui? Não, Vanessa, minha mãe deve ter se enganado.

Como Vanessa imaginava.

– Tem certeza de que ele não marcou de ir aí passar uns dias com vocês?

– Claro. Ele não veio nem me liga há meses. Fico sabendo notícias dele pela mamãe. Estranho ela ter te dito isso. Agora fiquei preocupada.

Eu também, pensou Vanessa, que, no entanto, resolveu colocar panos quentes na situação.

– Na verdade, eu é que devo ter me enganado. Sua mãe falou só "casa da Beatriz" – mentiu. – Talvez seja a garota que ele está namorando agora. Por isso, ele deve ter sumido.

Beatriz caiu na gargalhada.

– Típico do meu irmão. Só dá atenção ao que lhe interessa. Mas manda um recado meu para ele, quando vocês se encontrarem. Diga que ele tem uma irmã e sobrinhos e que é para dar uma ligadinha de vez em quando. A gente vai ficar feliz.

– Pode deixar.

Despediram-se. Vanessa precisou de alguns minutos para recuperar o controle, antes de partir para a etapa seguinte.

Ela foi até o caixa devolver o telefone ao tio e despediu-se.

– Já vai? Não quer comer nada?

Vanessa apenas fez um não com o dedo indicador antes de sair para a rua.

A MISTERIOSA SACOLA VERDE

REPETINDO O ITINERÁRIO da tarde anterior, Vanessa tomou o metrô em Botafogo, desceu no Catete e caminhou até o prédio de Alexandre na Rua Ferreira Viana.

Desta vez, ela não tocou o interfone. Parada na calçada a alguma distância, aguardou pacientemente a oportunidade que, em algum momento, surgiria com a chegada de algum morador do prédio. Isso levou cinco minutos para acontecer. Vanessa reconheceu uma vizinha de Alexandre, uma senhora magra, de cabelos branquinhos e aparência frágil, que se locomovia devagar pela calçada. Ela carregava uma quantidade excessiva de sacolas de supermercado e, no momento em que ficou claro que o seu destino era mesmo o edifício, Vanessa passou a mão no cabelo, forçou sua expressão mais amável e aproximou-se casualmente, como se também estivesse voltando para casa.

– Oi. A senhora quer ajuda?

A senhora sorriu, agradecida, a expressão denotando reconhecimento. Ela, certamente, se lembrara de ter cruzado com Vanessa diversas vezes no elevador ou na portaria do prédio e não se sentiu ameaçada pela abordagem.

– Oi, minha querida. Eu agradeço. Muito gentil da sua parte.

De dentro da portaria, o zelador acionou a tranca automática, liberando a entrada. Ele conhecia Vanessa há anos, de tanto ela ir ao apartamento de Alexandre, e os dois se cumprimentaram amigavelmente. O zelador, felizmente, não interfonou para avisar que Vanessa estava subindo. No meio do caminho, Vanessa ainda ajudou a senhorinha a levar as compras até a cozinha da casa dela, no quarto andar, e só depois disso subiu até o apartamento de Alexandre.

Ela tocou a campainha da porta da frente e afastou-se para um canto, a fim de ficar longe do campo de visão do olho mágico. Ao ouvir a porta sendo aberta, Vanessa saiu do seu esconderijo para dar de cara com Alexandre, que segurava a maçaneta e a olhava horrorizado.

– Juiz de Fora, né?

Alexandre não conseguia dizer nada.

– Se você bater a porta na minha cara, eu nunca mais falo com você, ouviu bem?

Alexandre contraiu os lábios, hesitante.

– E vou à polícia – Vanessa acrescentou.

Alexandre soltou o ar dos pulmões.

– Está bem, entra – ele escancarou a porta, entregando de vez os pontos. – Vou te contar tudo.

• • •

Eles se sentaram no quarto de Alexandre. Glória havia saído para uma consulta médica. Estavam sozinhos e podiam conversar com liberdade.

– O que deu em você? – perguntou Vanessa. – Por que está fugindo desse jeito?

– Tive meus motivos. Logo depois do nosso último almoço, recebi uma mensagem da Iasmin.

Vanessa sentiu um arrepio.

– Jura? E como ela está?

– Viva. É tudo o que sei e confesso que isso já me tranquiliza um pouco.

– Ela não te disse mais nada? Onde está, quem a levou...?

– Qual a parte de "é tudo o que sei" você não entendeu?

Vanessa respirou fundo.

– E por que você sumiu desse jeito? Inventou que tinha ido para Juiz de Fora, não atendia minhas ligações... Até meu celular você bloqueou.

– Foi tudo para você não me procurar.

– Por quê?

– Eu estava atendendo a um apelo da Iasmin. Ela é que pediu.

Alexandre mostrou a mensagem que a amiga mandara pelo celular. Dificilmente poderia se tratar de um trote, pois o número do qual foi feito o envio era o de Iasmin.

A mensagem dizia:

Oi, Alexandre. Preciso de ajuda. Fui sequestrada e estão exigindo que eu entregue uma sacola de tecido verde com o logotipo da loja Ágara. Nela tem um livro e dois CDs. Essa sacola está no meu apartamento. Quando me encontrar, me escreva. Minha liberdade depende disso. Pelo amor de Deus, não conte nada a ninguém, muito menos à Vanessa. A Vanessa NÃO pode saber de nada. É perigoso!.

– Na mesma hora liguei para a Coralina. Ela virou o apartamento de cima a baixo e não encontrou nada. Eu tinha visto essa sacola em algum lugar recentemente e aí me lembrei que ela continha material do trabalho de História da Arte que a gente estava fazendo. Continuei as buscas aqui em casa e também na sua. A tia Nair não deve ter entendido nada quando fui lá.

A espinha de Vanessa gelou.

– Por que você não falou comigo? – questionou ela.

– Você não leu a mensagem? A Iasmin pedia que você não soubesse de nada, que era perigoso. Sei lá que perigo poderia haver se você soubesse, mas não quis correr o risco. Bolas, a Iasmin foi sequestrada. Sabe-se lá quem é o maluco que está com ela e o que ele quer com esse livro e os dois CDs.

– Se você tivesse falado comigo, o mistério já estaria resolvido – informou Vanessa, calmamente.

– A sacola está dentro da minha mochila. A Iasmin a deixou lá em casa na última reunião que tivemos por causa do trabalho e eu a tenho levado à escola todos os dias na esperança de que ela apareça.

– Então, a sacola estava com você o tempo todo? – animou-se Alexandre. – Tem certeza de que nela estão dois CDs e um livro?

Vanessa fez que sim com a cabeça.

– Tenho. Se quiser vir até a minha casa, a gente dá uma olhada neles e tenta descobrir o que existe ali de tão precioso para provocar um sequestro.

– Vamos, claro. Vou ao banheiro rapidinho e a gente já sai.

Alexandre fechou-se no banheiro e mandou uma mensagem para Iasmin, a fim de tranquilizá-la:

Oi, Iasmin. Encontrei a sacola. Nela tem um livro e dois CDs, certo? Me avise como faço para entregá-la. Fique tranquila, a agonia vai acabar. Beijos, Alexandre.

LUZ NO CATIVEIRO

O RUÍDO METÁLICO JÁ FAMILIAR da chave girando na fechadura, seguido de um ranger nas dobradiças. A porta foi sendo aberta lentamente, enquanto o filete de luz se expandia, espalhando-se pelo chão. Os olhos de Iasmin, forçados a se habituar à escuridão do cativeiro, arderam com tamanha claridade. Ela sabia que não era luz natural, mesmo há tantos dias confinada naquela sala fechada e abafada.

Os passos eram familiares. Só podia ser ela, novamente, a mulher de apelido dra. Delta. Desde a noite do sequestro, na Rua Ipu, era ela quem estava à frente de tudo. Uma pessoa que Iasmin nunca vira na vida e que dizia ter sido sócia do seu pai no Angelim, o bistrô e café que ele teve na Rua São Clemente e que fechou pouco depois de ele morrer.

Até o último fim de semana, Iasmin pensava que Hernando tinha morrido por causa de um ataque do coração. Ela chegara a ouvir boatos sobre a morte ter acontecido durante um assalto à cafeteria. A mãe sempre desconversava, talvez para protegê-la.

Agora, ela sabia que não tinha sido nem uma coisa, nem outra. Hernando foi assassinado por uma razão muito forte. Ele descobrira provas que incriminavam diretamente uma pessoa no que ficou conhecido como "Escândalo da Maionese", quando diversas pessoas que almoçavam no Angelim passaram mal depois de comer maionese estragada servida numa salada russa. A vigilância sanitária realizara, no mesmo dia, uma vistoria no bistrô e descobrira potes de maionese imprópria para consumo. Hernando foi indiciado, o estabelecimento interditado e a notícia se espalhou rapidamente pela mídia e internet, afugentando os clientes e derrubando o faturamento.

Menos de uma semana depois, Hernando foi encontrado morto na despensa do bistrô. Naquele dia, Iasmin viu parte de sua alegria e de sua vida ir embora junto com ele.

Ela não imaginava que, quase dez anos depois, descobriria o verdadeiro motivo por trás da morte de Hernando. E o porquê de estar agora presa naquele lugar.

Assim que entrou na sala, a dra. Delta pronunciou a frase que sempre dizia ao aparecer:

– Nem pense em fugir.

Iasmin não se moveu. Mesmo que surgisse uma chance, ela não teria coragem.

A dra. Delta aproximou-se de Iasmin, segurando um celular. O celular de Iasmin.

– Leia!

No visor, havia uma mensagem de Alexandre dizendo que encontrara a sacola. Iasmin pensou que sentiria alívio, mas sabia que aquilo não era garantia de liberdade. Poderia, ao contrário, significar o início da contagem regressiva para o seu próprio fim.

– Vim aqui só para te avisar – afirmou a dra. Delta, num tom ameno e, por isso mesmo, ainda mais ameaçador – que está chegando a nossa hora. Assim que tivermos a sacola, vou fazer você esquecer tudo isso para sempre!

• • •

A mochila estava no lugar de sempre, ao lado da mesa de trabalho no quarto de Vanessa. Ela e Alexandre se fecharam lá, abriram a mochila e localizaram a sacola verde de tecido da Ágara. Era uma grife mineira de roupas que, segundo o que estava escrito mais abaixo da logomarca, contava com lojas em Belo Horizonte, Juiz de Fora e Uberlândia.

Dentro da sacola, havia um livro fino intitulado *História da MPB* e dois CDs: um de chorinho e outro de *jazz*.

Vanessa deu uma olhada na sacola para ver se algo lhe escapara. Virou-a pelo avesso e apalpou o tecido na tentativa de encontrar algum bolsinho ou reentrância com algum bilhete guardado, mas nada havia.

– Que estranho... – disse ela. – Tem certeza de que Iasmin falou *desta* sacola?

– Absoluta. Na mensagem, ela menciona claramente uma sacola de tecido verde com o logotipo da loja Ágara. Nela tem um livro e dois CDs. Só pode ser essa.

Vanessa continuava intrigada.

– Será que é alguma pegadinha? Isso não tem sentido.

Alexandre apanhou o livro e folheou-o cuidadosamente. Ele tinha pouco mais de cem páginas. Não havia nenhuma folha faltando, nem linhas sublinhadas ou marcações nas margens.

– Pode ser algum código... – arriscou ele.

Vanessa não acreditava muito nisso. Pensou nas palavras que saltavam mais aos olhos ali: "MPB", "chorinho", "*jazz*", "Ágara"... Tentou todas as combinações possíveis entre as palavras e as letras que as iniciavam e o resultado menos absurdo foi "JAMC", que não queria dizer coisa alguma.

Eles, então, passaram aos CDs. Abriram o de chorinho, examinaram o encarte, chegaram a abri-lo e colocá-lo contra a luz, a fim de encontrar alguma marca-d'água ou filigrana invisível a uma olhada superficial. Quando abriram o CD de *jazz*, no entanto, eles detectaram algo fora do lugar.

– Olha isso aqui! – falou Vanessa.

O CD que havia no estojo não era o original e, sim, um DVD de dados, no qual estava escrita à mão, com caneta permanente, a palavra **imagens**.

Alexandre concordou:

– Estranho. Parece um CD pirata... Mas não deve ser, né? Você chegou a ouvir o CD?

– Eu nem mexi nessa sacola. A Iasmin a esqueceu lá em casa no sábado. Sei lá por que não a abri.

Vanessa levantou-se, ligou o *laptop* sobre a escrivaninha e inseriu o DVD no leitor externo acoplado ao aparelho. A mídia carregou e um reprodutor de vídeo encheu a tela automaticamente.

Alexandre sentou-se ao lado dela e os dois começaram a assistir.

Era uma gravação datada de 25 de abril, de dez anos atrás. Iniciava-se às 0h04 e terminava às 0h13.

IMAGENS DO PASSADO

A GRAVAÇÃO MOSTRAVA UM RECINTO que eles não conheciam. À primeira vista, lembrava um depósito, com estantes altas rente às paredes e uma geladeira comercial de duas portas entre elas.

No teto, apenas uma lâmpada acesa.

Durante o primeiro minuto, a imagem permaneceu estática, como se estivesse congelada. Até que uma sombra surgiu, passando por baixo da câmera. Ela segurava um saco grande e dirigiu-se diretamente à geladeira. Olhou para um lado, olhou para o outro e, uma vez constatado que estava de fato a sós, abriu a porta superior da geladeira e retirou quatro *tupperwares* de dentro dela.

Em seguida, apanhou um pote cilíndrico grande, que estava no saco. Esvaziou um a um os *tupperwares*, despejando o creme ou pasta que havia neles no interior do saco, agora vazio, e encheu-os novamente com um conteúdo aparentemente idêntico ao que estava no pote cilíndrico. Fechou os *tupperwares*, colocou-os de volta na geladeira e foi embora, levando o saco que, provavelmente, descartou na primeira lixeira que encontrou.

A sequência seguinte, feita por outra câmera, mostrava o vulto descendo uma escada e atravessando o salão de refeições do que parecia ser um restaurante estiloso. Afixada à parede atrás de um balcão, via-se uma placa em que estava escrito: Angelim – Café e Bistrô.

Era a cafeteria de Hernando, o pai de Iasmin.

A figura do vídeo, no entanto, não era Hernando, e Vanessa teve a certeza disso no instante final do vídeo em que ela se preparava para sair furtivamente da loja. Ao olhar na direção da câmera, o rosto do invasor surgiu por inteiro.

Era Wagner.

Vanessa levou as mãos ao rosto, horrorizada.

– É o Wagner? – indagou Alexandre, não acreditando no que tinha visto.

Vanessa fez que sim.

– Eu já ouvi falar desse Angelim... – Alexandre forçou a memória. – Era do Wagner?

– Não. Era do Hernando, pai da Iasmin.

– E o que o Wagner estava fazendo ali? E por que gravaram esse vídeo num DVD?

Vanessa, então, se lembrou de uma conversa que tivera recentemente com Wagner, na qual ele contara algo sobre um lote de maionese estragada que teria sido encontrado pela vigilância sanitária na cafeteria de Hernando.

Ela comentou isso com Alexandre. Eles voltaram o vídeo até o momento em que Wagner estava na geladeira. Observaram a troca do conteúdo dos *tupperwares* pelo do pote no saco. Era uma substância branca, cremosa ou pastosa. Sim, poderia ser maionese.

– Será? – perguntou Alexandre, mas Vanessa já havia minimizado a janela e, agora, acessava um *site* de buscas. No campo de pesquisa, digitou: "maionese" e "Angelim Café e Bistrô". O *site* retornou algumas ocorrências. Vanessa concentrou-se nas primeiras. Eram *links* para versões digitais de jornais de grande circulação. Vanessa clicou no primeiro. A matéria, datada de quarta-feira, 28 de abril, daquele ano, uma década antes, falava com detalhes sobre o que acabaria conhecido depois como o "Escândalo da Maionese". Na segunda-feira, 26 de abril, oito pessoas com sinais de intoxicação haviam sido levadas para o Hospital Miguel Couto após comerem uma salada russa estragada servida durante o almoço no Angelim, "misto de bistrô e cafeteria, conhecido na vizinhança pela excelência no atendimento, cardápio selecionado e ambiente aconchegante". Ainda segundo a reportagem, o proprietário, Hernando Tordesilhas, tinha sido detido e o estabelecimento, interditado pela vigilância sanitária.

Vanessa clicou em outra matéria. Esta era datada de 30 de abril e noticiava que todas as pessoas intoxicadas pela maionese haviam recebido alta. Mas, mesmo sem vítimas fatais, o estrago estava feito.

 Suando frio de tensão, Vanessa voltou a abrir o vídeo, na esperança de ter se enganado com a data que aparecia nele, mas era mesmo 25 de abril, dez anos atrás.

 Para ela, a situação estava bastante clara e negá-la, por mais que quisesse, seria querer se iludir. Wagner trocara a maionese que estava na geladeira da cafeteria de Hernando.

 Hernando foi encontrado morto no dia 6 de maio, 11 dias depois que a maionese estragada foi servida.

 O fato de o CD com aquela gravação estar na sacola verde era a prova que faltava para eles saberem quem estava por trás do sequestro de Iasmin.

 – Faz um favor – Vanessa pediu. – Diga à Iasmin que você vai entregar a sacola no restaurante do tio Wagner.

 – Tem certeza?

 Vanessa fez que sim.

 – Tenho. Marque com ela daqui a dez minutos. É o tempo de a gente chegar lá.

 Alexandre pegou o celular e digitou a mensagem. Ela foi lida imediatamente.

AS IMAGENS NÃO MENTEM

WAGNER ESTAVA ATRÁS DO BALCÃO fazendo a contabilidade do dia, quando Vanessa entrou no restaurante, que já estava fechado para os clientes.

O sorriso de Wagner a desarmou na hora. Ele sempre ficava feliz quando ela chegava.

– Não consegue ficar longe do titio, não é? – ele falou. – Já estou terminando aqui e podemos ir para o prédio juntos. Quer levar alguma coisa para você e sua mãe comerem?

– Tem mais alguém no restaurante?

– Não, todo mundo já saiu.

Wagner devia ter percebido o nervosismo de Vanessa, pois sua expressão escureceu na hora:

– Você está bem?

Vanessa sentiu vontade de chorar. Aquilo parecia um pesadelo, e tudo o que ela queria era acordar rápido.

– Não, tio. Não estou bem. A gente pode conversar?

– Claro! – ele deixou de lado as notas fiscais e comprovantes de cartões de crédito e contornou o balcão. – O que aconteceu?

O tio postiço, sempre tão carinhoso, simpático, caloroso, generoso, sábio, não podia ser um criminoso. Vanessa não queria, não podia acreditar numa coisa daquelas.

– Preciso que você veja uma coisa.

Eles tornaram a contornar o balcão e entraram na pequena saleta atrás, que servia de escritório para Wagner. Nele, havia dois arquivos, uma estante com livros e pastas e uma escrivaninha sobre a qual montanhas de papéis disputavam espaço com um *laptop*. Vanessa apanhou o DVD na bolsa e o inseriu na gavetinha do aparelho. Wagner sentou-se. O vídeo começou a rodar. Quando viu sua figura surgir na tela, ele empalideceu. Retirou os óculos e, aflito, passou a mão pelo rosto.

– Eu posso explicar, querida.

– Foi você que trocou a maionese?

– Hernando e eu éramos amigos – gaguejou ele. – Ele tinha me pedido para... que trouxesse uma maionese de marca melhor, porque a que ele comprou não era boa para fazer a salada russa que ele servia toda semana. Eu trouxe...

– Você estava sozinho no restaurante, tio, não minta para mim. Só você aparece na gravação.

– Mas o Hernando...

– Era mais de meia-noite quando você entrou lá. O horário está registrado na gravação. O Hernando te pediu para trocar a maionese de madrugada?

Como me explica que só você aparece no vídeo? Por que o Hernando não foi com você até a geladeira para ajudar com a troca da maionese?

– Não sei... Ele, ele... Estava fazendo outra coisa.

Vanessa começou a chorar.

– Para de mentir! Pelo amor de Deus! Por que você fez isso? Por que trocou a maionese?

Wagner comprimiu os lábios. O silêncio dele dizia muito mais do que qualquer resposta que ele tivesse pronunciado naquele momento. Vanessa fechou os olhos, sentindo as lágrimas quentes rolando pelo rosto.

• • •

Alexandre entrou no restaurante logo depois de Vanessa, mas Wagner aparentemente não o notou.

Àquela hora, o Garfo Mix já estava fechado, de modo que Alexandre deixou a porta apenas encostada antes de se instalar em uma mesa separada do balcão pela bancada do bufê e, portanto, longe do campo de visão de Wagner e Vanessa, que conversavam atrás do caixa. Depois que eles entraram no escritório, a tensão de Alexandre cresceu e ele fixou o olhar na porta, sabendo que ela seria aberta a qualquer momento.

Foi o que aconteceu alguns minutos depois.

Uma mulher aparentando uns 40 e tantos anos, pálida, de cabelos louros escorridos, abriu a porta e avançou em direção à mesa em que estava Alexandre.

Sua expressão era pesada, fria, arrogante, de quem nada temia e achava que tudo podia.

– A sacola! – ordenou ela, debruçando-se sobre a mesa e lançando a Alexandre um olhar que quase o transformou em pedra.

– Boa tarde para você também.

– Sem gracinhas, garoto.

Alexandre olhou por trás dela.

– Onde está a Iasmin?

– Não vim aqui para bater papo. Me dá a sacola! Sozinho ali e sentindo-se encurralado por aquela mulher de gelo, Alexandre não viu alternativa senão apanhar a sacola de tecido verde, que estava na cadeira ao lado sob o seu casaco, e entregá-la.

A loura gelada praticamente arrancou-a da mão de Alexandre e abriu-a, indo direto aos CDs. Examinou-os por fora e por dentro e, atirando a sacola sobre a mesa, inclinou-se ameaçadoramente na direção de Alexandre:

– Pensa que vai me enganar, moleque?

Ele engoliu em seco.

– Do que você está faland...

Ela o agarrou pela gola e puxou um revólver da bolsa.

– Não banque o engraçadinho comigo! Vi que você trocou o CD – a mulher apontou o revólver para a cabeça de Alexandre. – Se não me disser onde está o CD que você escondeu, não é só a Iasmin que vai desaparecer do planeta hoje.

SUSTO MORTAL

QUANDO WAGNER FALOU, saiu um desabafo:
– Foi um acidente, querida. Hernando abriu a cafeteria aqui em frente, servia almoço executivo, os clientes começaram a ir todos para lá, pois a comida dele era muito mais gostosa do que a minha. O meu restaurante estava ficando vazio, eu tinha que fazer alguma coisa. Juro que tentei servir uma comida melhor, mas... sei lá, o Hernando era um *chef* de cozinha fantástico, que conhecia temperos e técnicas que a Delfina Tavares, minha cozinheira na época, nem imaginava que existiam. E o pior de tudo era que ele não cobrava caro. Foi duro quando, certa vez, com esse restaurante aqui às moscas, eu e a Delfina olhamos para o outro lado da rua e vimos fila na cafeteria dele. Eu ia falir, querida. Precisava fazer alguma coisa.
– E fez, né? Intoxicando aquelas pessoas.
– Eu não queria que as coisas chegassem ao ponto a que chegaram – Wagner suplicava e estava prestes a se ajoelhar diante de Vanessa. – Só queria dar um susto em todo mundo, fazer com que as pessoas

deixassem de ir lá e passassem a comer aqui. Eu não imaginava que haveria gente indo para o hospital, nem que Hernando seria preso...

Vanessa percebeu que Wagner não mencionou a morte de Hernando como uma dessas consequências não previstas da troca da maionese. Logo a mais grave de todas, já que, além de tudo, eles eram amigos... Ou Wagner apenas dizia que eram, pois um amigo de verdade não tenta destruir o outro.

– Por que esse CD estava nas coisas da Iasmin, tio? – perguntou Vanessa. – Por que alguém queria tanto colocar as mãos nele?

Ouviram uma gritaria vindo do salão, seguida do ruído de uma cadeira sendo arrastada bruscamente.

– Que barulheira é essa? – perguntou Wagner. – Será que ainda tem gente aí?

Vanessa não disse nada. Esperou Wagner se levantar e foi atrás, já imaginando o que encontraria.

Ao passarem pela porta, perceberam uma movimentação atrás do bufê. Wagner e Vanessa saíram de trás do balcão e correram para ver o que estava acontecendo. Numa das mesas encostadas na parede, uma mulher loura de quase 50 anos ameaçava Alexandre com um revólver.

– Dra. Delta, baixe essa arma! – ordenou Wagner.

Vanessa reconheceu a mulher na hora. Era Delfina Tavares, cozinheira que, por muitos anos, trabalhou no Garfo Mix. Ela era a chefe dos cozinheiros na época do "Escândalo da Maionese". "Delta" era a junção das primeiras sílabas de "Delfina" e "Tavares". Muito original, pensou Vanessa com sarcasmo.

– Cale a boca o senhor também. Minha paciência se esgotou – reagiu a dra. Delta. – Mande esse rapazinho me dar o CD. Senão, eu vou atirar.

– O CD está comigo – falou Wagner. – Baixe a arma.

– Traga-o para mim.

– Não adianta – falou Vanessa. – Eu copiei o vídeo antes de trazer o CD para cá.

Wagner e a dra. Delta a encararam com uma expressão que mesclava pânico e indignação em doses iguais. Delta encostou o cano da arma na têmpora esquerda de Alexandre e disse:

– Seu amiguinho vai pagar caro por essa imprudência. Onde está essa cópia?

– Uma está no meu computador.

– Como "uma"? Tem mais de uma?

– Mandei outra para a polícia.

Era mentira e Vanessa sabia que o risco era alto. Mas ela não tinha escolha. Iasmin continuava desaparecida e ela não tinha nenhuma garantia de que a amiga seria libertada com vida.

– Baixe essa arma, Delfina, eu já pedi – suplicou Wagner, parecendo sentir o impacto das palavras de Vanessa. – Você só tem a perder matando uma pessoa aqui dentro. Vai ser muito pior se descobrirem que foi você que preparou a maionese estragada servida na cafeteria do Hernando.

– Não tente bancar o bonzinho da história, seu verme – gritou ela. – Está com medo do quê? Dessa garota saber que a ideia de adulterar a maionese para arruinar a cafeteria de Hernando Tordesilhas foi sua? Ou, pior ainda, de ela descobrir que foi o senhor que matou o Hernando, depois que ele verificou os registros das câmeras de segurança e viu que foi o senhor que fez a troca da maionese?

Vanessa agarrou o braço de Wagner:

– Do que ela está falando, tio?

– Você é surda ou é estúpida mesmo? – perguntou Delta. – Não entendeu o que eu disse? Quer que eu fale em outra língua? Hernando Tordesilhas viu as gravações e chamou seu vizinho, a quem você chama de tio, para tirar satisfações lá na cafeteria. Eu estava aqui quando ele ligou e o Wagner foi correndo. O Hernando estava prestes a entregar a gravação da sabotagem para a polícia e queria saber por que o Wagner tinha feito aquilo com ele, já que eles eram tão amigos. Os dois tiveram uma discussão, uma briga e o Wagner acabou matando o Hernando, para silenciá-lo para sempre.

– Foi um acidente – Wagner tentou se justificar.

– Acidente ou não, Hernando morreu naquele dia.

E graças ao senhor que, além de tudo, não conseguiu recuperar a gravação!
– Consegui, sim. Eu a trouxe comigo naquele dia.
– Só que Hernando havia feito uma cópia. E, para escondê-la, colocou-a no meio da coleção de CDs que tinha.

O resto da história era fácil de entender. Durante a pesquisa para o trabalho de História da Arte, Iasmin descobriu o CD no meio de tantos outros que o pai possuía. Assistiu à gravação e, reconhecendo Wagner nela, procurou-o para saber o que era aquilo. Wagner, certo de que o caso estava encerrado há dez anos, apavorou-se e entrou em contato com sua cúmplice na época, a *chef* Delfina Tavares ou dra. Delta, para recuperar aquela última cópia da gravação incriminadora e silenciar Iasmin antes que ela desse com a língua nos dentes. E, então, Iasmin foi sequestrada. Ela entrou voluntariamente no carro prateado porque Wagner estava nele. Ela, apesar de tudo, confiava em Wagner.

Vanessa teve vontade de sumir. Ela nunca mais veria Wagner da mesma forma e achava difícil conseguir perdoá-lo algum dia.

– É uma pena eu ter chegado até aqui, me arriscando, mantendo aquela pirralha em cativeiro, para desistir quando estávamos quase conseguindo – a dra. Delta parecia cada vez mais fora de si.
– Queria muito aquele CD. Mas se uma cópia da

gravação foi mesmo enviada à polícia, está tudo perdido e acho que não vai fazer diferença se eu fizer um estrago aqui dentro. Com vocês mortos, eu, pelo menos, tenho tempo de fugir antes que a polícia apareça.

Alexandre suava descontroladamente de medo. Quem visse sua cabeça encharcada, pensaria que ele tinha acabado de sair do banho. A dra. Delta o puxou mais para perto de si e engatilhou a arma.

Num ato impulsivo, Vanessa virou-se para o lado, para o balcão do restaurante, e viu uma bandeja com garrafinhas de azeite, vinagre e moedores de pimenta. Apanhou o moedor e, sem pensar muito – até porque não havia tempo para isso –, arremessou-o de qualquer maneira na direção de Delta. O moedor passou rente à cabeça dela, desestabilizando-a momentaneamente.

Foi tudo muito rápido, mas Alexandre, percebendo a oportunidade, levantou-se um pouco mais e deu uma cotovelada no braço da dra. Delta. Ela se desequilibrou e a arma, que já estava engatilhada, acabou disparando, abrindo um buraco na parede que dava para o banheiro. A bala atingira algum cano, pois na mesma hora um esguicho de água brotou da parede e começou a inundar o piso do salão.

Vanessa puxou Alexandre pelo braço e correu com ele para trás do balcão. Wagner voou na direção da dra. Delta e tentou tomar a arma dela.

– Pare já com isso – falou ele. – Você enlouqueceu?

– Já sujei demais as mãos por sua causa – berrou ela, completamente fora de si. – Eu não vou sair daqui agora que já estamos a um passo de pôr um basta nessa situação que me assombra há uma década!

Delta deu uma rasteira em Wagner, que bateu a cabeça na quina da mesa do bufê, perdendo os sentidos. Ela correu para trás do balcão e apontou o revólver para Vanessa e Alexandre, que estavam encolhidos junto ao caixa.

– Vocês pediram isso. Era só me entregar o CD que a amiguinha de vocês seria libertada e ninguém aqui precisaria passar por essa situação.

A dra. Delta engatilhou a arma e apontou para os dois:

– Desta vez eu não vou errar!

UMA HISTÓRIA HORRÍVEL

SEGUIU-SE UM ESTRONDO.

Vanessa e Alexandre se encolheram, indefesos diante do cano daquela arma prestes a atirar, e quando ouviram o barulho, pensaram que estava tudo acabado.

Mas o estrondo não era de tiro, era de porta sendo aberta com violência e veio acompanhado de uma algazarra.

Vozes masculinas se multiplicaram dentro do restaurante. Vanessa e Alexandre viram um policial fardado pular o balcão com a agilidade de quem pula balcões como *hobby*, desarmar a dra. Delta e imobilizá-la no instante seguinte.

Vanessa levantou-se e foi na direção de Wagner. Ele estava desacordado, mas respirando. A garota agarrou-se a ele e começou a chorar. Um segundo policial aproximou-se dela e amparou-a, informando que uma ambulância já estava sendo chamada para socorrê-lo.

– Algumas pessoas na rua ouviram um tiro aqui dentro – ele explicou. – Estávamos passando com a patrulhinha pela rua. Parece que chegamos bem na hora.

Policiais se espalharam pelo restaurante para analisar aquela cena de "quase homicídio" e colher indícios que pudessem auxiliar nas investigações. Alexandre localizou o registro de água e o desligou antes que o vazamento provocado pelo tiro inundasse tudo. A equipe do Samu chegou dez minutos depois, examinou Wagner rapidamente e o levou para a ambulância.

Vanessa desabou numa cadeira e chorou de tristeza e medo do que estava por vir. Uma parte dela não queria aceitar que o vizinho querido que ela considerava parte da família era um criminoso e a outra não sabia como seria olhar para ele dali para frente.

– E agora? – perguntou Alexandre, sentando-se ao lado dela. Suas mãos ainda tremiam, sinalizando que a tensão do confronto vivenciado há pouco não tivera tempo de se esvair.

– Ainda não sei.

Um policial surgiu esbaforido, vindo da cozinha, e falou ao colega:

– Tem uma pessoa escondida lá atrás. Pode ser um cúmplice.

– Vamos ver!

Eles correram de volta para a cozinha. Vanessa e Alexandre foram atrás, se perguntando quem poderia estar na loja, já que não havia mais ninguém ali, além de Wagner, quando eles chegaram. O policial conduziu-os até uma portinhola nos fundos. A fechadura estava trancada e não havia chave à vista.

– O que há atrás dessa porta? – o policial perguntou a Vanessa. – É um armário, uma sala...?

– Não faço ideia – a garota respondeu confusa.

Os policiais atiraram-se contra a porta, que era relativamente fina, e conseguiram abri-la na terceira investida. Sentada num colchonete estendido no chão, Iasmin estava encolhida, abraçando as próprias pernas.

– Iasmin! – Vanessa se adiantou para abraçá-la.

– Minha nossa, você ficou aqui o tempo todo?

Iasmin estava visivelmente fraca. Tinha emagrecido e o mau cheiro na sua pele e nas suas roupas indicava que ela não se lavava há dias.

– Vocês conhecem essa jovem? – perguntou um dos policiais.

– Ela desapareceu na segunda-feira – informou Alexandre. – Seu nome é Iasmin Tordesilhas. A mãe dela deu parte à polícia dois dias depois que ela sumiu.

Vanessa telefonou imediatamente para Coralina. Em dez minutos, a mãe de Iasmin chegou ao restaurante e amparou a filha. Colocou-se à disposição da polícia, mas pediu que a deixassem levar Iasmin para casa, já que a menina estava muito fraca e, provavelmente, traumatizada. O diretor Lourival Junqueira apareceu, na sequência, avisado por Coralina, e se ofereceu para ajudar no que fosse preciso. Ele não demorou no restaurante e seguiu para a delegacia de Botafogo, para onde a dra. Delta fora levada.

– Por que Iasmin ficou presa aqui, no restaurante do Wagner? – indagou Coralina a Vanessa.

Vanessa suspirou:

– É uma história horrível, Coralina. E está doendo muito mais em mim do que vai doer em você, pode ter certeza.

A MOCHILA QUE SALVOU UMA VIDA

NA DELEGACIA, Delfina Tavares contou tudo.

Ela trabalhara durante oito anos como *chef* do Garfo Mix, restaurante por quilo de Wagner Monteiro. Cerca de dez anos antes, Hernando Tordesilhas alugou uma loja quase em frente e abriu o Angelim, um misto de bistrô e cafeteria. Hernando cozinhava muito bem e, em pouco tempo, o local, que era muito mais charmoso e acolhedor do que o Garfo Mix, começou a atrair uma enorme clientela. O Garfo Mix, que servia uma comida por quilo apenas competente, foi se esvaziando diante de uma concorrência que não era capaz de enfrentar.

Seguindo o antigo lema de que "se não pode lutar contra o inimigo, una-se a ele", Wagner aproximou-se de Hernando e eles iniciaram uma camaradagem. Com isso, Wagner queria descobrir o segredo da cozinha premiada do concorrente. No entanto, faltava muito mais do que temperos e técnicas ao Garfo Mix. Faltava o charme do Angelim. Faltava a versatilidade do cardápio e a paixão que Hernando tinha pela cozinha e pela arte de bem servir. Um dia, depois de semanas com o Garfo Mix quase às moscas, Wagner decidiu dar uma tacada extrema e orientou Delfina a deixar estragar um balde de maionese.

A essa altura, Wagner já tinha conquistado a confiança de Hernando, frequentava a casa dele e se dava bem com a esposa Coralina e a filha pequena, Iasmin, de sorte que não foi difícil fazer cópias de todas as chaves internas do estabelecimento. O cardápio de almoço do Angelim incluía pratos que variavam ao longo dos dias da semana e Wagner sabia que todas as segundas um dos itens servidos era uma carne assada ao molho *barbecue* acompanhada de salada russa.

Na noite de domingo, Wagner entrou furtivamente no Angelim – fechado e vazio àquele horário – e trocou a maionese para a salada russa pela estragada que trouxera do Garfo Mix. Antes, porém, a fim de não ser descoberto, ele tomou o cuidado de desligar toda a energia interna do estabelecimento. Com isso, acreditava que o sistema de vigilância não funcionaria. Ele não imaginava, contudo, que Hernando, precavido, instalara câmeras que eram acionadas junto com as luzes de emergência, justamente na eventualidade de uma queda de energia. Quando a maionese estragada foi servida, vitimando várias pessoas e provocando um escândalo que feriu de morte o Angelim, Hernando resolveu investigar para saber o que acontecera e encontrara a gravação, que mostrava Wagner fazendo a troca.

Numa noite, dez dias depois do incidente, ele convocou o amigo para dar explicações. Reuniram-se na cozinha do Angelim. De posse do CD com a gravação, Hernando disse a Wagner que iria à polícia denunciá-lo por tentativa de homicídio. Wagner enfrentou-o e tentou tomar o CD dele, que reagiu. Os dois brigaram. Hernando, mais ágil, estava levando vantagem, quando Wagner, num lance desesperado, apanhou o primeiro objeto à mão e usou-o para golpeá-lo. Era uma faca de cortar carne, que rasgou o pulso esquerdo de Hernando, matando-o sem querer.

Wagner limpou todos os vestígios da sua presença no local, incluindo os registros de todas as câmeras. Levou umas duas horas removendo impressões digitais de todos os locais que tocara e fazendo uma bagunça geral no estabelecimento para simular um assalto. E foi essa a versão que acabou prevalecendo. Só dez anos mais tarde, por causa de uma pesquisa sobre História da Arte para a escola, a filha de Hernando, ao ouvir os CDs de música popular que o pai tinha, encontrou uma cópia da gravação guardada entre eles. Ao vê-la, reconheceu a despensa do restaurante do pai e a figura de Wagner. Um dia, ela foi ao restaurante perguntar o que era aquilo e Wagner, na mesma hora, imaginou que Iasmin descobrira tudo.

Sem pensar duas vezes, ele ligou para Delfina, que, na mesma hora, bolou um plano para recuperar a última cópia daquele CD. Tudo o que Wagner precisava era conseguir o celular de Vanessa por uns dois dias. Ela faria o resto: se passar pela melhor amiga de Iasmin para atraí-la a um lugar ermo à noite e sequestrá-la.

Wagner e Vanessa eram vizinhos de porta no prédio em que moravam. Na manhã de segunda-feira, Wagner ficou de prontidão no olho mágico, esperando Vanessa deixar o apartamento para ir ao colégio. Ele saiu em seguida e, no que pareceu ser uma grande coincidência, tomaram juntos o elevador. Vanessa costumava levar o celular num dos bolsos de trás da calça jeans e, quando o elevador chegou ao térreo, Wagner abriu a porta para Vanessa passar primeiro e aproveitou para pescar o celular e enfiá-lo imediatamente no próprio bolso.

Uma vez de posse do aparelho, Delfina escreveu para Iasmin como se fosse Vanessa e fez com que ela acreditasse que a amiga estava em perigo. Iasmin adorava Vanessa e faria de tudo para ajudá-la. Delfina marcou local e hora. Ela sabia que Iasmin iria. Como, de fato, foi. Wagner estava no carro quando foram capturar Iasmin na Rua Ipu, local escolhido por ser vazio à noite e não ter alternativas de fuga para o caso de Iasmin perceber a cilada. Um cativeiro foi improvisado nos fundos do restaurante e Delfina o visitaria duas vezes por dia para examinar Iasmin e levar-lhe comida. Todo o histórico recente do celular – sobretudo a troca de mensagens com Iasmin nas últimas 24 horas – fora apagado e, dois dias depois, quando Vanessa saiu para mais um dia de aula, ela e Wagner tomaram juntos o elevador novamente. Como na manhã de segunda, Wagner abriu a porta para ela passar e, durante esse movimento, devolveu o celular, abrindo levemente o zíper da mochila e jogando o aparelho lá dentro. Mais uma vez, Vanessa não percebeu nada. Com isso, Wagner pretendia que ela descobrisse o celular durante a aula, levando-a a supor que algum colega o pegara, desviando as suspeitas dele mesmo.

O diretor Junqueira, que tivera acesso ao depoimento, confidenciou mais tarde a Vanessa e Alexandre na casa deles:

– Iasmin não resistiu e, assim que soube o motivo do sequestro, entregou a localização do CD. Ela de fato o havia colocado na sacola verde de tecido, mas não se lembrava de onde ela estava.

Vanessa disse:

– Ela esqueceu a sacola na minha casa na nossa última reunião do trabalho de História da Arte.

Eu ia devolvê-la no primeiro dia em que Iasmin faltou à aula.

– Por isso o sequestro demorou tanto – prosseguiu o diretor. – A sacola não estava em lugar algum. A própria dra. Delta entrou na casa de Iasmin para fazer buscas num horário em que não havia ninguém.

Alexandre acrescentou:

– E como não encontrou a sacola, ela usou o celular da Iasmin para me escrever, pedindo que reforçasse as buscas.

– Daí você invadiu a minha casa e depois sumiu... – disse Vanessa.

– Você leu a mensagem, não leu? – reagiu Alexandre. – A Iasmin praticamente implorou que você não soubesse de nada. Eu não queria que ela corresse nenhum risco.

Vanessa mergulhou num silêncio prolongado. Alexandre ficou inquieto.

– O que foi?

– Tem uma coisa me incomodando: se o tio Wagner não queria que suspeitassem dele, por que estava no carro prateado que levou Iasmin na Rua Ipu? Afinal, quando ela fosse libertada, ela iria incriminá-lo.

– Porque ele tinha certeza de que Iasmin se esqueceria de tudo – respondeu Junqueira.

Alexandre franziu a testa:

– Como assim?

– Vocês já se perguntaram por que Delfina, uma *chef* de cozinha, é chamada de "doutora"? Doutora Delta?

– Por que ela tem doutorado? – arriscou Vanessa, sem convicção.

– Não. Porque ela é médica. Médica que nunca exerceu a profissão, preferindo se dedicar à culinária. Só que o Wagner nunca soube desse detalhe.

– Continuo sem entender – disse Vanessa.

– Delfina Tavares, ou dra. Delta, apresentava-se como psiquiatra, com conhecimentos de hipnose – esclareceu o diretor. – Ela garantiu a Wagner que Iasmin não seria morta. Que bastaria hipnotizá-la para que ela se esquecesse de tudo o que aconteceu nesta semana.

– Ela ia fazer isso? – indagou Alexandre.

Junqueira respondeu:

– Não. Delfina, de fato, é médica, mas nunca se especializou em Psiquiatria e, muito menos, tem qualquer conhecimento sobre hipnose. O que ela pretendia mesmo era matar Iasmin, mas o Wagner só ficaria sabendo disso depois. E, para complicar, ele levaria toda a culpa, já que o cativeiro e o crime teriam acontecido no seu restaurante. O que salvou Iasmin foi a sacola com o CD não ter sido encontrada a tempo – o diretor sorriu antes de acrescentar: – De alguma forma, a sua mochila, Vanessa, salvou a sua amiga.

VOLTA À VIDA

NA SEMANA SEGUINTE, Iasmin reapareceu no IESS. Embora ainda não tivesse recuperado todo o peso perdido durante os dias de cativeiro, sua aparência estava ótima e ela parecia incrivelmente confiante e bem-disposta.

Houve um vozerio de cochichos debochados quando ela atravessou a sala e sentou no seu lugar de sempre, sem dar confiança para os comentários e risadinhas. Dali para frente, seria diferente.

– Olha só, a múmia voltou do Além – disse uma voz feminina anasalada, mais à direita da sala. Kahena.

– Acho que vi uma assombração chegando – disse outra voz, igualmente irritante, também à direita. Rita. – Ui, que medo!

– Só tenho pena do sequestrador... Coitado, não havia nada para pedir de resgate – repetiu Kahena.

– E a gente que pensava que tinha se livrado dela... – falou Rita.

Pela primeira vez na vida, aqueles comentários não significaram nada para Iasmin. Assim como ela não se incomodava mais em ser considerada a estranha da escola. Os dias de cativeiro a haviam obrigado a refletir e seus problemas cotidianos ficaram muito pequenos diante da privação da sua liberdade, da sua dignidade e, sobretudo, da possibilidade concreta de ser morta. Assim como seu pai fora morto.

Wagner recebera alta do hospital no dia seguinte ao confronto no restaurante e fora indiciado, junto com Delfina Tavares, pelo sequestro de Iasmin e pela tentativa de homicídio de Alexandre, além de terem de responder, também, pela sabotagem da maionese na cafeteria de Hernando Tordesilhas dez anos atrás, que intoxicou algumas pessoas. Wagner foi ainda indiciado pelo assassinato de Hernando.

A descoberta de que Wagner estivera por trás de toda essa série de crimes abalou Iasmin profundamente. Ela o considerava como um segundo pai. Graças a Wagner, ela e a mãe tiveram amparo após a morte de Hernando. Fora ele, também, que conseguira com o diretor Junqueira uma bolsa para ela estudar no IESS, além de estar sempre a postos para estender a mão a Coralina quando ela precisava. Como era possível que um homem assim fosse um criminoso?

Quando soou o sinal do intervalo, Rita e Kahena posicionaram-se na porta da sala e ficaram a postos para cercar Iasmin quando ela saísse. Vanessa e Alexandre perceberam e já iam, como sempre faziam, tomar a frente para defender a amiga, quando Iasmin os fez parar com a mão espalmada.

– Deixa elas.

– Será possível que não existe jeito dessas pragas virarem gente? – protestou Vanessa.

– Nem mesmo depois de você ter sido sequestrada e quase morta elas conseguem mudar a forma de agir? – Alexandre fez coro.

– Isso vai passar – respondeu Iasmin suavemente.

– Um dia elas se cansam.

Ela se pôs de pé e caminhou determinada, porém com tranquilidade, na direção da porta. Sorriu para as duas inimigas, pediu licença com a maior placidez, encarando Rita e Kahena com segurança, mas sem hostilidade. As duas sustentaram o olhar dela por um tempo, forçando as risadinhas e os olhares maliciosos que tão bem praticaram ao longo dos últimos anos, mas, desta vez, Iasmin não se abalou e esperou pacientemente que elas se dessem conta do ridículo da situação, baixassem os olhos e a deixassem passar.

Naquele momento, Vanessa e Alexandre perceberam que Iasmin Tordesilhas havia se transformado numa nova pessoa. Mais forte, mais segura, com mais amor-próprio e ciente das coisas na vida pelas quais valia a pena perder a cabeça. "Rita Ofídia", "Cobra Kahena" e suas comparsas, definitivamente, não estavam incluídas entre elas.

Não que todo mundo precisasse passar por uma tragédia para dar valor às coisas. Mas uma das reflexões que Iasmin fizera no cativeiro a ensinou que ela própria era sua pior inimiga. No dia em que não concordasse intimamente com o que pessoas como Rita e Kahena pensavam dela, muitos dos seus problemas chegariam ao fim.

Foi justamente o que começou a acontecer naquele dia.

LUIS EDUARDO MATTA

Durante os meus anos de escola testemunhei inúmeros casos de *bullying*. Alguns mais violentos, outros mais sutis, todos, porém, igualmente perversos. Ninguém merece ser humilhado, seja em que circunstância for, e quando isso ocorre numa fase como a adolescência, em que a consciência crítica e a estrutura emocional do indivíduo se encontram ainda em formação, as consequências podem ser devastadoras. A lembrança daqueles episódios que causaram tanto sofrimento em colegas meus de sala de aula foi o ponto de partida para a trama de *Desaparecida*. O livro, contudo, é mais do que isso. É uma aventura policial em que o *bullying* – e o seu oposto, a amizade sincera – serve como pano de fundo para a investigação de um mistério. Torço para que a história do desaparecimento de Iasmin Tordesilhas prenda a atenção do jovem leitor e também o ajude a refletir sobre como anda a convivência com seus amigos e colegas de escola e, quem sabe, o leve a repensar algumas atitudes que podem estar fazendo muito mal a outras pessoas.

CAROL REMPTO

Sou ilustradora nascida e criada em Petrópolis (RJ), formada em Design Gráfico pela UFRJ. Sempre amei desenho e artes, mas fui redescobrir meu amor por ilustrar mundos e contar histórias em um curso de intercâmbio na Savannah College of Art and Design, na Geórgia, EUA, por meio de uma bolsa do programa Ciências Sem Fronteiras, quando tive contato com pessoas incríveis e profissionais da área de ilustração que me ajudaram a perceber que era, sim, possível ganhar a vida fazendo o que amo. Desde então, trabalho como ilustradora *freelancer* majoritariamente na área editorial e acredito muito que os projetos dos quais participo são minhas chances de mudar o mundo, uma ilustração de cada vez, tentando dar o que tem de melhor dentro de mim: abrir os olhos para a diversidade, promover a igualdade, mostrar às pessoas um mundo mais colorido, mais justo e divertido (e mágico) para todos. Em 2018, além de trabalhar em diversos projetos editoriais, lancei meu primeiro livro autoral de forma independente e, para 2019, já tenho um novo projeto independente em movimento... Que venha o próximo desafio!

Este livro foi composto com a família
tipográfica Charter e Special Elite para
a Editora do Brasil em 2019.